Meu pai fala cada uma

Justin Halpern

Meu pai fala cada uma

SEXTANTE

tradução
Marcello Lino

preparo de originais
Tomás da Veiga Pereira e Virginie Leite

revisão
Isabella Leal e Tereza da Rocha

projeto gráfico e diagramação
Valéria Teixeira

capa
Raul Fernandes

foto da quarta capa (Justin com o pai)
cortesia do autor

impressão e acabamento
Yangraf Gráfica e Editora Ltda.

CIP-BRASIL. CATALOGAÇÃO-NA-FONTE
SINDICATO NACIONAL DOS EDITORES DE LIVROS, RJ

H184m Halpern, Justin, 1980-
Meu pai fala cada uma / Justin Halpern [tradução de Marcello Lino]; Rio de Janeiro: Sextante, 2012.

Tradução de: Shit my dad says

ISBN 978-85-7542-864-1

1. Halpern, Justin, 1980-. 2. Halpern, Samuel E. (Samuel Eliott), 1936- – Citações. 3. Twitter (Rede social on-line). 4. Pais e filhos. 5. Filhos adultos. 6. Humorismo americano. I. Título.

10-4978 CDD 818
CDU 821.111(73)-84

GMT Editores Ltda.
Rua Voluntários da Pátria, 45 – Gr. 1.404 – Botafogo
22270-000 – Rio de Janeiro – RJ
Tel.: (21) 2538-4100 – Fax: (21) 2286-9244
E-mail: atendimento@esextante.com.br
www.sextante.com.br

Para meu pai, minha mãe, Dan, Evan,
José e Amanda.

Obrigado por todo o amor e apoio.

INTRODUÇÃO

"Tudo o que peço é que cate suas tralhas e não deixe seu quarto parecendo que foi usado para uma suruba. Aliás, é uma pena você ter levado um pé na bunda da sua namorada."

Aos 28 anos, eu morava em Los Angeles e estava no terceiro ano de um relacionamento a distância com minha namorada, que vivia em San Diego. Na maioria das sextas-feiras, eu encarava um engarrafamento de três horas e meia enquanto meu Ford Ranger 1999 se arrastava por 200 quilômetros até San Diego. De vez em quando, meu carro decidia parar de funcionar. Além disso, o rádio estava quebrado e eu só conseguia ouvir uma estação cuja programação parecia se limitar a canções do brilhante rapper Flo Rida. Não há nada como pegar a estrada e, de repente, o motor do seu carro morrer, a direção travar e um DJ gritar no seu ouvido: "E aqui está O CARA, Flo Rida, com seu novo sucesso 'Right Round'! Vamos começar a festa!"

Resumindo: a distância estava pesando para mim. Então, em maio de 2009, quando recebi uma oferta de emprego do site Maxim.com que me permitiria trabalhar em qualquer lugar, não deixei a oportunidade passar. Eu poderia me mudar para San Diego e morar com minha namorada. A única falha no meu plano era que ela não estava tão empolgada quanto eu. E com "não estava tão empolgada" quero dizer que, quando apareci na porta da sua casa para dar a boa notícia pessoalmente, ela terminou comigo.

Ao ir embora, percebi que, além de estar solteiro, eu não tinha onde morar, pois já havia comunicado ao meu senhorio em Los Angeles que entregaria o apartamento no final do mês. Então, meu carro morreu. Enquanto tentava vigorosamente dar a partida, me dei conta de que as únicas pessoas que eu conhecia em San Diego e que talvez pudessem me acolher eram meus pais. Comecei a sentir um aperto no estômago enquanto virava sem parar a chave na ignição. Também caiu a ficha de que a família que fazia um churrasco no jardim da casa em frente ao local onde meu carro tinha pifado talvez estivesse pensando que eu era um pervertido que havia parado para obter um momento de prazer solitário. Por sorte, consegui dar a partida no carro e arranquei rumo à casa dos meus pais.

O motivo do meu súbito nervosismo era que pedir um favor ao meu pai se assemelha a defender uma causa perante o Supremo Tribunal. Você precisa expor os fatos com clareza, fazer sua argumentação e citar precedentes de outros casos. Logo depois de aparecer sem avisar na modesta casa de três quartos em Point Loma, nos arredores de San Diego, eu estava apresentando meu caso diante dos meus pais na sala de estar. Citei *Meu Pai versus Meu Irmão Daniel Halpern*, que, aos 29 anos, durante uma "fase de transição", foi morar na casa deles. No meio da minha argumentação, meu pai me interrompeu:

– Tudo bem. Caramba, você não precisava contar toda essa ladainha. Você sabe que pode ficar aqui. Tudo o que peço é que cate suas tralhas e não deixe seu quarto parecendo que foi usado para uma suruba. – Ele fez uma pequena pausa e completou: – Aliás, é uma pena você ter levado um pé na bunda da sua namorada.

***

A última vez que eu havia morado com meus pais tinha sido uma década atrás, durante meu segundo ano na Universidade de San Diego. Na época, os dois trabalhavam (minha mãe era advogada de uma organização sem fins lucrativos e meu pai lecionava medicina nuclear na Universidade da Califórnia em San Diego), portanto eu não os via com muita frequência. Dez anos depois, minha mãe continuava trabalhando em tempo integral, mas meu pai, aos 73 anos, havia se aposentado e ficava em casa. O dia inteiro.

Após a primeira noite na casa deles, me arrastei para fora da cama às oito e meia da manhã e montei meu "escritório" (leia-se: meu laptop) na sala de estar, onde meu pai assistia à TV, para começar a escrever minha primeira coluna. Michael Jackson tinha acabado de morrer e eu estava trabalhando num esquete em que Jesus, por ser um grande fã do Rei do Pop, fazia vista grossa para as acusações de pedofilia contra o cantor e o deixava entrar no Paraíso assim mesmo. (Mais tarde, meu editor assinalou que era São Pedro que deveria receber M.J. nos portões do Paraíso, mas isso não importa.) Meu pai não conseguia entender que alguém de pijama, pesquisando no Google imagens tolas de Jesus Cristo, pudesse estar trabalhando. Então, me tratou como se eu não estivesse fazendo nada de importante.

– Por que diabos Wolf Blitzer está falando de Michael Jackson? – resmungou ele, ao ver o principal âncora de política da CNN noticiar a morte do astro pop. – O presidente está na Rússia tentando fazer com que aqueles filhos da puta parem de fabricar armas nucleares e ele só fica falando de Michael Jackson? Vá se foder, Wolf Blitzer!

De vez em quando, ao longo do dia, meu pai se inflamava por algum motivo, adentrava a sala, vindo da cozinha, do quintal ou de onde estivesse, e gritava algo do tipo:

– Você está pondo ketchup no hambúrguer que eu preparei?

– Sim, por quê?

– Por quê? Como assim, *por quê*? Este é um hambúrguer gourmet. Não é uma dessas gororobas que você cozinha. Gastei meu tempo fazendo isso. Da próxima vez, vou preparar qualquer merda para você.

Como era bom estar em casa!

***

Meu pai sempre foi um cara grosso. Quando eu era criança, tinha pavor dele a maior parte do tempo, portanto não podia reconhecer o valor de me relacionar com o ser humano mais direto do planeta, que nunca recorria a subterfúgios nem se fazia de vítima. Agora, já adulto, eu lidava o dia inteiro com pessoas – amigos, colegas de trabalho, parentes – que nunca diziam o que estavam realmente pensando. Nos primeiros dois meses na casa do meu pai, quanto mais convivíamos, mais eu ficava grato por sentir a mistura de franqueza e insanidade que caracterizava seus comentários e sua personalidade.

Um dia, estávamos passeando com meu cachorro, Angus, que farejava um arbusto do lado de fora da casa de um vizinho. Meu pai se virou para mim e disse:

– Olha o cu do cachorro.

– O quê? Por quê?

– Dá para ver, pela dilatação, que ele vai fazer cocô. Está vendo? Lá vai ele.

Foi naquele momento, enquanto meu cachorro fazia suas necessidades no quintal do vizinho e meu pai observava orgulhoso sua previsão se realizar, que percebi como ele era sábio e até mesmo profético.

Peguei aquela frase e a postei como saudação do meu programa de mensagens instantâneas naquela noite. E, em todos os dias sucessivos, peguei uma observação engraçada do meu pai e a usei para atualizar meu perfil. Quando um dos meus amigos sugeriu que eu criasse uma página no Twitter para manter um registro de todas as coisas malucas que saem da boca do meu pai, comecei o "Shit My Dad Says", que deu origem a este livro. Na primeira semana, eu só tinha um punhado de seguidores – alguns amigos que conheciam meu pai e o consideravam uma figuraça. Então, um dia, acordei e descobri que mil pessoas estavam me seguindo on-line. No dia seguinte, eram 10 mil. Depois, 50 mil. E logo, 100, 200, 300 mil até que, de repente, uma foto do meu pai e suas citações pipocavam por toda parte. Agentes literários ligavam querendo me representar, produtores de TV me convidavam para participar de seus programas e repórteres me pediam entrevistas.

Meu primeiro pensamento foi: "Isso vai dar merda." A emoção seguinte só pode ser descrita como pânico.

Para ilustrar como meu pai odeia qualquer tipo de exposição pública, permita-me compartilhar sua opinião a respeito dos concorrentes do *Jeopardy!*, um programa de TV de perguntas e respostas sobre história, literatura, artes, esportes e ciências. Meu pai é um sujeito culto e instruído e, uma noite, enquanto eu assistia ao programa, ele entrou na sala e respondeu corretamente a todas as perguntas que o apresentador Alex Trebek havia feito.

– Pai, você deveria ir ao programa – comentei.

– Você está gozando da minha cara? Olha para essas pessoas. Elas não têm um pingo de respeito por si mesmas. Nenhuma dignidade. Participar de um negócio desse tipo me enoja.

Eu sabia que precisava contar ao meu pai que estava publicando on-line suas frases e tiradas e que editores e estúdios de TV tinham se mostrado interessados em adaptar aquele material. Mas, antes disso, resolvi ligar para meu irmão mais velho, Daniel, na esperança de que ele dissesse que eu estava exagerando e que nosso pai não se importaria com aquilo.

– Puta merda! O que você fez? – perguntou Dan em meio a gargalhadas. – Cara, papai vai... nem sei o que papai vai fazer. É melhor você se preparar para sair da casa dele. Se eu fosse você, arrumaria minhas coisas de antemão, como um fugitivo. Pegue só coisas importantes que possam ser carregadas no braço.

Decidi dar uma volta a pé no quarteirão e refletir antes de falar com meu pai. A volta se transformou em alguns quilômetros ao redor do quarteirão e, uma hora depois, quando finalmente retornava para casa, eu o avistei sentado na varanda, com cara de quem estava de bom humor, e pensei: "É agora ou nunca."

– Oi, pai. Preciso lhe contar uma coisa... estranha – disse, hesitante, enquanto me sentava em uma espreguiçadeira ao lado dele.

– Precisa me contar uma coisa estranha, é? O que você tem de estranho para me contar? – perguntou ele.

– Bem, existe uma coisa chamada Twitter – comecei.

– Eu sei o que é Twitter. Você fala comigo como se eu não soubesse de porra nenhuma. Sei do que se trata. Você precisa entrar na internet para acessar o Twitter – explicou ele, fazendo o sinal de girar uma chave na ignição ao dizer "entrar na internet".

Contei tudo: a página no Twitter, as centenas de milhares de seguidores, os artigos nos jornais, os editores, os produtores de TV, tudinho. Ele ficou sentado em silêncio me ouvindo. Depois, riu, se levantou alisando as calças com as mãos e disse:

– Você viu meu celular por aí? Pode ligar para mim? Não sei onde o deixei.

– Então, você... não se importa com nada disso? Não se importa de eu escrever um livro, não liga para as citações e tudo o mais? – perguntei.

– Estou pouco me lixando! Não ligo para o que as pessoas pensam de mim. Pode publicar o que quiser. Só tenho duas condições: não vou falar com ninguém e você vai ficar com o dinheiro que ganhar. Tenho meu próprio dinheiro, não preciso do seu – disse ele. – Agora, liga para o meu celular, porra!

NUNCA TIRE CONCLUSÕES PRECIPITADAS

"Por que diabos você acha que seu avô quer dormir no mesmo quarto que você?"

No verão de 1987, quando eu tinha 6 anos, meu primo se casou em uma fazenda no estado de Washington. Minha família morava em San Diego e meu pai não ia de jeito nenhum pagar mil dólares para que ele, minha mãe, meus dois irmãos e eu fôssemos de avião para o casamento.

– Por que vou pagar 200 dólares para que um garoto de 6 anos vá a um casamento? – perguntou ele à minha mãe. – Você acha que Justin está se importando com esse evento? Há dois anos, ele ainda estava fazendo cocô nas calças. Se a família toda tem que ir, vamos de carro.

E foi o que fizemos. Me apertei entre meus dois irmãos mais velhos – Dan, na época com 16 anos, e Evan, que tinha 14 e era alto e desajeitado – no banco traseiro do nosso Thunderbird 1982. Minha mãe ficou de copiloto e meu pai assumiu o volante, enquanto iniciávamos a viagem de 2.900 quilômetros até Washington. Percorremos menos de sete quilômetros até eu e meus irmãos começarmos a implicar uns com os outros, o que significava basicamente que eles me batiam e diziam coisas do tipo: "Por que você está sentado como um gay? Aposto que é porque você é gay." Meu pai parou bruscamente no acostamento, deixando marcas de pneu no asfalto, e virou a cabeça para trás.

– Escutem aqui, não vou tolerar essa babaquice, entenderam? Vamos todos nos comportar como seres humanos.

Mas não foi o que aconteceu. Era impossível. Aquela não era uma situação criada para "seres humanos". Éramos cinco pessoas, das quais três garotos com menos de 17 anos sentados a um centímetro um do outro durante 16 horas por dia enquanto a estrada que parecia infinita passava lentamente do lado de fora da janela. Não tinha nada a ver com um passeio familiar normal. Parecia que éramos foragidos da lei: viajávamos noite e dia e, a cada hora, ficávamos mais suados e irritados enquanto meu pai fazia comentários para si mesmo do tipo: "Só precisamos chegar lá. Não podemos estar muito longe."

Mais de um dia e meio depois, chegamos a Olympia, Washington, onde encontramos nossos parentes no saguão de um hotel. No total, cerca de 60 integrantes da família Halpern estavam hospedados ali, inclusive meu avô de 90 anos, pai do meu pai. Calado mas durão, ele detestava quando as pessoas faziam alarde a seu respeito. Meu avô tinha administrado uma fazenda de tabaco no Kentucky até os 75 anos e, só porque estava mais velho, não ia aceitar ajuda quando, na sua opinião, não era necessária.

Minha família havia reservado alguns quartos no hotel. Cada quarto seria compartilhado por duas pessoas, mas a distribuição dos ocupantes ainda não havia sido feita. Meus irmãos decidiram rapidamente que dividiriam um quarto e meus pais, obviamente, pegariam outro, o que me deixava sozinho. Por algum motivo, meus parentes adultos acharam que seria "uma graça" se eu ficasse com meu avô. Ele já havia se hospedado na nossa casa em San Diego e eu lembrava que ele guardava uma garrafa de Wild Turkey no quarto e, clandestinamente, tomava uns goles de vez em quando. Uma vez, quando meu irmão Dan o pegou em flagrante, vovô gritou:

– Você me pegou! – e riu histericamente.

Também lembrava que ele precisava de auxílio para sair da cama, mas ficava muito zangado quando alguém tentava ajudá-lo. Eu não queria de jeito nenhum dividir um quarto com o vovô, mas fiquei na minha porque calculava que a família toda me odiaria por ser tão sem consideração.

Então, como qualquer criança de 5 anos que não quer fazer alguma coisa, fingi que estava doente, o que chamou muito mais atenção para mim. Ao ouvirem que eu não estava me sentindo bem, minhas tias me arrastaram às pressas pelos corredores acarpetados e invadiram o quarto dos meus pais como se fosse um episódio de *Plantão médico*.

– Tudo bem! Calma, pessoal! Agora, saiam para eu poder examinar o menino – gritou meu pai.

Minhas tias caíram fora, deixando-me a sós com meu pai. Ele me encarou e encostou a mão na minha testa.

– Então, quer dizer que você está doente? Espera aí, parece que você está tendo uma crise de "frescurite aguda". Você não está doente. Qual é o problema? Acabamos de cruzar quase um continente inteiro de carro e estou cansado pra cacete. Desembucha.

– Todo mundo quer que eu fique com o vovô, mas eu não quero – respondi.

– Bem, por que diabos você acha que seu avô quer dormir no mesmo quarto que você?

Eu não tinha pensado a respeito.

– Não sei.

– Vamos perguntar a ele.

Descemos o corredor até o quarto que o vovô havia escolhido. Ele estava se preparando para deitar.

– Ouça, papai, Justin não quer dividir o quarto com você. O que você acha?

Eu ficava me escondendo atrás da perna do meu pai enquanto ele me empurrava na direção do meu avô para que eu o encarasse. O vovô olhou nos meus olhos por um segundo.

– Bem, eu também não quero dividir o quarto com ele. Quero ter meu próprio quarto – sentenciou.

Meu pai se virou e me olhou como se tivesse acabado de descobrir a pista que estava faltando para solucionar um assassinato.

– Pronto – disse ele. – Aparentemente, você também não é nenhum anjinho.

Sobre usar o vaso sanitário

"Você tem 4 anos. Precisa fazer cocô no vaso. Esta não é uma daquelas negociações nas quais avançamos e recuamos até chegar a um meio-termo. No final, você vai ter que fazer cocô no vaso."

Sobre o primeiro dia no jardim de infância

"Você achou difícil? Se o jardim de infância foi difícil para você, tenho más notícias sobre o resto da sua vida."

Sobre acidentes

"Dane-se como aconteceu, o que interessa é que a janela está quebrada... Espera aí, por que tem xarope por todo lado? Sabe de uma coisa? Agora quero entender como tudo aconteceu. Pode ir falando."

Sobre minha festa de aniversário de 7 anos

"Não, você não pode ter uma casinha pula-pula na sua festa de aniversário. Como assim, 'por quê'? Você já pensou onde eu ia enfiar uma casinha pula-pula no quintal? Pois é, esse é o tipo de coisa em que eu penso e que você simplesmente acha que aparece num passe de mágica."

Sobre falar com estranhos

"Escuta aqui, se alguém está sendo gentil e você não sabe quem é essa pessoa, saia correndo. Ninguém é gentil sem mais nem menos e, se isso acontecer, a pessoa pode levar a porra da gentileza para outro lugar."

Sobre modos à mesa

"Meu Deus, será que podemos jantar sem que você derrame alguma coisa? Não, Joni, ele *faz* de propósito, senão só pode ser retardado, e nenhum teste demonstrou isso."

Sobre chorar

"Não tive problema nenhum em ver você chorar. Minha única preocupação era a meleca que estava saindo do seu nariz. Onde aquilo ia parar? Na sua mão? Na sua camisa? Não ia ser uma boa. Ai, meu Deus, não comece a chorar."

Sobre passar a noite na casa de um amigo pela primeira vez

"Tente não fazer xixi nas calças."

Sobre ser provocado

"Quer dizer que ele chamou você de bicha? Grande coisa. Não há nada de errado em ser homossexual... Não, não estou dizendo que você é homossexual. Pelo amor de Deus! Estou começando a entender por que esse garoto estava pegando no seu pé."

Sobre se sentir à vontade consigo mesmo

"A casa é minha. Uso roupas quando quiser e fico nu quando quiser. O fato de os seus amigos estarem para chegar não tem nada a ver com isso – ou seja, estou cagando."

A CASA DE UM HOMEM É A CASA DE UM HOMEM

"Esta é a minha casa, porra! Preciso defender a MINHA casa!"

Quando eu tinha 7 anos, meu pai me convidou para entrar no seu quarto para me mostrar sua espingarda Mossberg.

– Aqui fica o gatilho, este é o carregador, esta é a mira para você enxergar no que está atirando e é assim que se segura a arma – disse ele, empunhando a espingarda. – Agora, nunca encoste suas patas nela.

O único motivo para meu pai guardar uma espingarda no alto do armário que ficava acima da cama era que ele tinha certeza de que estávamos sempre prestes a ser roubados.

– Temos muita tralha nesta casa. As pessoas querem essas coisas. Mas eu não quero que elas peguem nossas coisas. Faz sentido?

De fato, fazia, mas, para meu pai, qualquer pessoa que fizesse barulho na nossa casa depois da uma da madrugada era provavelmente um ladrão. Nunca entendi de onde vinha sua ansiedade, já que morávamos num bairro de classe média. Uma vez perguntei isso a ele e a resposta foi simples:

– Sou de outra época.

– Que época foi essa, pai?

– Sei lá, uma época diferente. Meu Deus, pare de me fazer perguntas e simplesmente fique grato por eu cuidar das nossas coisas.

Apesar do seu constante medo de ladrões, meu pai não abre mão do conforto na hora de se deitar, o que significa que sempre dorme nu. E, quando está nu, ele parece um boneco dos Muppets que pulou de trás de um arbusto e começou a cantar. Ele é superpeludo, com sobrancelhas que desafiam a gravidade.

Uma noite, logo após ter me mostrado a espingarda, meu pai acordou com um barulho na cozinha por volta da 1h45. Pegou imediatamente a arma no armário em cima da cama, disse para minha mãe ficar onde estava e saiu andando pelado em direção ao ruído, com a arma na frente e a mão no gatilho. Acordei quando o ouvi passar pela minha porta e botei a cabeça para fora do quarto bem na hora em que ele ficou de quatro com a espingarda em mãos e começou a rastejar como um soldado rumo à cozinha. Meu pai parou no meio do corredor, depois apontou a arma para a porta fechada e gritou:

– Passe por essa porta e eu te mato!

Dentro da cozinha estava a irmã da minha mãe, tia Jeanne, que era nossa hóspede. Desavisada sobre a regra do ladrão da uma da madrugada, ela havia decidido fazer um lanchinho noturno. Ao ouvir a ameaça, tia Jeanne abriu a porta e deu de cara com meu pai nu no chão com uma espingarda apontada para ela e o traseiro à mostra refletindo a luz da cozinha. Passou correndo por ele, entrou no quarto e bateu a porta. Meu pai deduziu que ela estava simplesmente com medo do ladrão e continuou agitado.

Sem saber o que estava acontecendo fora do quarto, minha mãe ligou para a polícia.

– Sam, a polícia está a caminho! Abaixe a arma e vista uma roupa! – berrou ela do outro lado da casa.

– Porra nenhuma! Não vou fazer nada disso! Esta é a minha casa, porra! Tenho de defender a MINHA casa! – gritou ele de volta.

A polícia finalmente apareceu, concluiu que não havia acontecido nenhuma violação da lei e incentivou meu pai a se vestir e se desarmar.

Na manhã seguinte, meus irmãos, meus pais e eu ficamos sentados em silêncio em torno da mesa do café da manhã. Quando minha tia saiu do quarto pela primeira vez desde que havia fugido do meu pai pelado e armado, também não estava com muita disposição para falar. Sem saber se eu tinha entendido o que acontecera, meu irmão Dan se inclinou na minha direção e sussurrou:

– Ela viu o bilau do papai, aí ele tentou matá-la.

Meu pai se virou para nós e disse em tom sério:

– Acho que preciso comunicar a vocês o que aconteceu na noite passada. Ninguém arrombou a casa, MAS, lembrem-se, a casa de um homem é a casa de um homem.

Ele comeu a última colherada de cereal e disse:

– Muito bem, preciso ir trabalhar.

Sobre cavalheirismo

"Deixe sua mãe sentar na frente... Não me importa se ela disse que você pode ir na frente. Isso é o que ela deve dizer e você deve responder: 'Não, eu insisto.' Você acha que vou dirigir por aí com minha mulher sentada no banco de trás e um garoto de 9 anos na frente? Ficou maluco, cacete?"

Sobre doces

"Meu Deus, uma barra de chocolate e você está correndo como se sua bunda estivesse em chamas. Tudo bem, pra fora. Só volte quando estiver pronto para dormir ou para fazer cocô."

Sobre acampar

"Relaxe, vai dar tudo certo. Você vai construir fogueiras, armar tendas, dormir ao ar livre, vai ser divertido. Ah, é um acampamento de basquetebol? Bem, esqueça essas bobagens que eu disse que você ia fazer e substitua tudo por 'jogar basquete'. Eu acho."

Sobre férias de verão

"Assistir à TV o dia todo não é uma opção. Se estivéssemos num programa de televisão, esse prêmio não estaria atrás de uma das portas a serem escolhidas."

Sobre áreas proibidas no esconde-esconde

"Que diabos você está fazendo dentro do meu armário? Não me diga para falar baixo, esse armário é meu."

Sobre espírito esportivo

"Você arremessou muito bem no jogo, é sério. Estou orgulhoso de você. Infelizmente, seu time é fraco... Não, você não pode ficar com raiva das pessoas porque elas são fracas. A vida vai ficar com raiva delas, não se preocupe."

Sobre se meter em encrencas na escola

"Por que diabos você jogou uma bola na cara de alguém?... Bem, esse é um motivo bastante razoável. Não posso fazer nada para aplacar a irritação do seu professor, mas eu e você estamos entendidos."

Sobre fazer uma lista de presentes de Natal

"Você fez uma lista com os 25 presentes que quer ganhar em ordem de preferência? Tá maluco? Eu pedi para você me dizer o que queria de Natal, não para fazer uma porra de uma lista gigantesca."

Sobre tobogãs aquáticos

"Pode ir em frente. Prefiro não ser lançado de um tubo em uma piscina cheia de mijo de um bando de crianças de 9 anos."

Sobre preparar o próprio lanche

"Você precisa levar um sanduíche. Não dá para ser apenas biscoitos e essas porcarias... Não, eu disse que, se você cuidasse do seu lanche, poderia prepará-lo como quisesse, mas não disse que podia prepará-lo como um idiota."

É IMPORTANTE SE COMPORTAR

"Que merda! Só pedi para você ficar quieto por umas duas horas enquanto eu dava uma palestra sobre câncer de tireoide!"

Quando fiz 10 anos, minha mãe decidiu que queria fazer faculdade de Direito. Meu pai apoiou sua decisão de investir na carreira, embora isso significasse que ele teria mais responsabilidade em tomar conta de mim.

– Eu e você vamos passar mais tempo juntos, porém estarei trabalhando na maior parte desse tempo e vou precisar que você fique calado e se distraia sozinho – disse ele, depois que minha mãe nos mostrou o horário das aulas do primeiro semestre.

Como muitas crianças, nunca entendi realmente qual era o trabalho do meu pai. Só sabia que se chamava "medicina nuclear" e que ele muitas vezes chegava em casa cansado e irritadiço. Antes de voltar a estudar, minha mãe nem sempre podia ficar comigo e me deixava algumas tardes no V.A., um dos hospitais onde meu pai trabalhava. Em todas essas ocasiões, ele saía do escritório para me receber, me dava um chocolate e, depois, me levava até uma sala desocupada perto da sua.

– Preciso trabalhar por mais umas duas horas, portanto, fique sentadinho aí um pouco – dizia.

Inevitavelmente, eu tentava fazer com que ele indicasse um intervalo específico.

– Duas horas é o tempo máximo que vou ficar aqui ou pode ser que demore mais? – perguntava a meu pai.

– Não sei, filho, não sou vidente. Prometo que, assim que eu terminar, iremos embora e vou comprar um sorvete para você.

Depois, ele correu os olhos pela sala e achou uma revista para eu ler.

– Toma, você pode dar uma olhada na *New England Journal of Medicine*. Tem muita coisa interessante aí.

Durante o período mais pesado do curso de Direito da minha mãe, meu pai teve que ajudá-la cada vez mais, e eu passava as tardes contando os minutos até que nós dois pudéssemos sair do hospital e ir para casa. No fim de semana geralmente não havia problema, porque eu podia ir para a casa de um amigo, mas, uma vez, minha mãe estava se preparando para uma prova, meu pai precisava fazer uma palestra para uma centena de médicos e nenhum dos meus amigos ou parentes podia tomar conta de mim.

– Acho que podemos deixá-lo sozinho em casa. Ele vai ficar bem – disse meu pai.

– Sam, não vou deixá-lo aqui sozinho. Ele tem 10 anos – respondeu minha mãe.

– Tudo bem, vou levá-lo comigo.

Entrei no Oldsmobile do meu pai e fomos para o campus da Universidade da Califórnia em San Diego. Ele não falou muito enquanto dirigia, mas percebi que estava incomodado. Quando estávamos estacionando perto do auditório, ele se virou para mim e falou:

– Preciso que você se comporte bem, entendeu?

– Posso desenhar umas coisas? – perguntei.

– Como assim? O que você vai desenhar? Não quero que alguém chegue perto e veja você fazendo dois cachorros trepando ou algo do gênero. Preciso ser profissional aqui.

– Não sei como desenhar isso que você disse. Só desenho aviões – falei.

Ele abriu sua pasta de couro preto, pegou uma folha de papel pautada e uma caneta multicolorida e me entregou. Saímos do carro, passamos pelas portas de vidro de um grande edifício da universidade e atravessamos o saguão até chegarmos a um auditório cheio de médicos. Todos pareciam conhecer meu pai. Ele me apresentou a algumas pessoas e depois me levou até a última fileira de cadeiras que ficava a cerca de 30 metros do palco e do púlpito lá na frente.

– Este é o seu lugar. Pegue este chocolate tamanho-família. Se você ficar com sono, coma isso aí – disse ele, me entregando uma barra de chocolate do comprimento do meu antebraço. – Muito bem, preciso ir trabalhar.

Os médicos se encaminharam para seus lugares, se sentaram e a conferência teve início. Meu pai se posicionou no palco enquanto outro sujeito com uma testa gigantesca começou a falar. Cerca de dois minutos depois, eu já havia devorado a barra de chocolate e sentia o efeito dos 35 gramas de açúcar que entravam na minha corrente sanguínea. Cada minuto da palestra parecia uma hora. Eu não conseguia ficar parado e decidi que precisava gastar energia onde ninguém pudesse me ver. Desci me arrastando da cadeira até o chão quando ouvi o homem no palco apresentar meu pai. Ergui rapidamente a cabeça e o vi a cerca de 30 metros olhando fixamente para mim, como se estivesse me monitorando o tempo todo. Abaixei-me rapidamente e voltei a me esconder atrás das cadeiras.

Enquanto estava agachado no chão, percebi que cabia entre as pernas das cadeiras e que cada fileira tinha alguns lugares vazios. Achei que seria muito divertido – sem incomodar ninguém – se eu fosse engatinhando lá do fundo até a primeira fila usando as cadeiras vazias para avançar. Iniciei meu percurso com cuidado, passando por baixo dos traseiros de um oncologista após outro até alcançar a cadeira vazia na fileira da frente. Depois, eu avançava mais uma. Era como jogar videogame na vida real. E me saí muito bem até chegar à sétima fila e perceber que não havia mais cadeiras vazias à minha frente. Mas, quando me virei para voltar, vi que alguém tinha se sentado na cadeira vazia na fila atrás de mim. Eu estava preso.

A voz do meu pai nos alto-falantes parecia a voz de Deus, se Deus estivesse falando sobre biologia molecular. Percebi que a única chance de voltar ao meu lugar era engatinhar por cima dos pés dos 15 médicos que estavam sentados entre mim e o corredor, onde calculei que poderia ficar bem abaixadinho e me esgueirar até minha cadeira sem que meu pai me visse. Infelizmente, os médicos não compartilhavam minha determinação em esconder minha travessura e não fizeram de conta que nada estava acontecendo. Em vez disso, foram se levantando um a um, murmurando expressões de irritação entre si, enquanto eu tentava passar por cima de seus pés. E, apesar de eu estar no chão e não conseguir ver nada, notei quando meu pai repentinamente parou de falar. Ele sabia que algo estava acontecendo. Congelei. Quando voltei a ouvir a voz dele, achei que a barra estivesse limpa e prossegui – até acidentalmente esmagar com o joelho o mocassim de um sujeito barbudo sentado a duas cadeiras do corredor.

– Meu Deus, isto é ridículo! – esbravejou o homem, por entre a barba e o bigode.

Meu pai parou outra vez de falar. Lentamente me arrastei até ultrapassar a última cadeira e, então, virei minha cabeça para o palco. Ele estava olhando direto para mim, e todas as outras pessoas também me encaravam.

A sala de conferências ficou em silêncio absoluto enquanto eu, fingindo que nada havia acontecido, me levantei e caminhei até meu lugar, evitando os olhares incrédulos. Sentei-me novamente na minha cadeira. Depois de um instante, meu pai voltou a falar. Seu rosto estava rubro e parecia uma carranca com uma expressão furiosa. De repente, sua palestra sobre câncer de tireoide assumiu o mesmo tom usado por um treinador para dar uma bronca em seu time no intervalo de um jogo.

Meu pai encerrou a apresentação rapidamente e respondeu a

algumas perguntas. Enquanto a plateia aplaudia, ele saltou do palco, optando por não usar a escada, e traçou uma reta até mim, ignorando todos os médicos que haviam se levantado para conversar ou elogiar a palestra. Pegou-me pelo cinto na parte de trás das minhas calças, saiu porta afora até o saguão e deixou o edifício. Ele me carregou dessa maneira até o carro, abriu a porta e me jogou no banco dianteiro. Sentou-se no lugar do motorista e respirou fundo, as veias do pescoço pulsando de raiva. Depois, se virou para mim e, com os dentes cerrados, gritou:

– Que merda! Só pedi para você ficar quieto por umas duas horas enquanto eu dava uma palestra sobre câncer de tireoide!

Ele saiu às pressas do estacionamento e dirigiu até nossa casa em silêncio. Quando chegamos lá, ele abriu a porta. Eu estava ao seu lado, em pé em cima do capacho, quando ele se virou para mim e disse calmamente:

– Escute, aquilo não era lugar para criança. Eu sei disso. Mas vou entrar nesta casa e você, não. Você vai ficar brincando do lado de fora porque, neste momento, minha cabeça está explodindo.

Depois, fechou a porta e eu fiquei do lado de fora, sem saber direito o que fazer. Ouvi um grito ecoar dentro da casa:

– PUTA QUE PARIUUUUUUUUUUU!!!!!

Cerca de uma hora e meia depois, ele pôs a cabeça para fora da porta dos fundos. Eu estava sentado na grama do jardim.

– Pode entrar, se quiser. E lave suas mãos antes de tocar em qualquer coisa. O chão daquele auditório cheirava a cocô de cachorro e você se arrastou por ele como um macaco.

Sobre descobrir que eu não tinha me qualificado para o time infantil de beisebol

"Isso é bobagem. Todos os treinadores põem os próprios filhos nos times. O filho daquele merda não serve nem para carregar seu protetor genital... Você não usa protetor? O que há de errado com você, filho?"

Sobre me levar até a escola

"Os pais dos seus amigos dirigem feito uns babacas. Diga para eles que este é o estacionamento do ensino fundamental, e não o centro de Manhattan."

Sobre comprar um cachorro

"Quem vai tomar conta? Você?... Filho, você entrou em casa ontem com cocô nas mãos. Cocô humano. Não sei como isso aconteceu, mas, se alguém tem cocô nas próprias mãos, isso é um indício de que talvez essa pessoa não esteja preparada para assumir responsabilidades."

Sobre tomar banho com regularidade

"Você está com 10 anos, precisa tomar banho todo dia... Não me interessa se você detesta. As pessoas não suportam babacas fedorentos. Não quero um babaca fedorento como filho."

Sobre Legos

"Olha, não quero sufocar sua criatividade, mas aquele troço que você construiu ali parece um monte de bosta."

Sobre o dia de visita dos pais à escola

"Quem são esses pais que podem tirar um dia de folga? Se for tirar um dia de folga, não vou gastá-lo sentado atrás de uma mesinha minúscula com um bando de crianças de 11 anos."

Sobre a reunião de pais e professores no 6º ano do ensino fundamental

"Acho que aquela professora não gosta de você, por isso não vou com a cara dela. Você fala muita merda, mas é um bom garoto. Quero que ela se foda!"

Sobre o primeiro baile da escola

"Você está usando perfume?... Filho, não existe perfume algum nesta casa a não ser o da sua mãe. Conheço esse perfume e é muito esquisito sentir o cheiro da sua mulher no seu filho de 13 anos."

Sobre não se sentir à vontade para fazer cocô no banheiro da escola

"Filho, você está reclamando com o homem errado. Consigo cagar em qualquer lugar, a qualquer hora. É uma das minhas maiores qualidades. Há quem diga que é a maior de todas."

Sobre a última colocação na corrida de 50 metros nos testes para o time infantil de beisebol

"Parecia que você estava sendo atacado por um enxame de abelhas ou algo assim. Quando vi o garoto gordo que estava cronometrando seu tempo rir... Bem, só vou dizer uma coisa: não é um bom sinal quando um garoto gordo ri de você."

NÃO SEJA UM MALDITO MENTIROSO

"Você envergonhou toda a comunidade científica. A porra do Einstein, todo mundo."

Nunca fui muito bom em matemática nem em ciências. Eu gostava de história e de literatura, mas perdia o interesse quando o assunto era funções e tabela periódica. Então, no 6º ano, quando cada aluno da minha classe teve que criar um experimento para a feira de ciências da escola no final de abril, fiquei tão empolgado quanto ficaria hoje se me mandassem assistir à reapresentação de toda a primeira temporada de *Grey's Anatomy*. Meu pai, por outro lado, ficou extasiado. Ele havia passado os últimos 25 anos realizando pesquisas médicas e científicas.

– Agora você vai ver o que eu faço todo dia – disse ele na noite em que o dever foi passado. – Vou ficar no seu pé em cada etapa do processo. Você vai fazer a maior experiência científica que sua escola já viu, senão vai morrer tentando.

– Você vai me ajudar? – supliquei.

– O quê? Não, eu trabalho com isso todo santo dia. Foi o que acabei de dizer.

Ele se sentou no sofá da nossa sala de estar e fez um sinal para eu me sentar ao seu lado.

– Bem, as experiências começam com uma pergunta. O que você quer saber?

Pensei a respeito por alguns segundos.

– Acho o cachorro legal – disse, movendo-me em direção a Brownie, nosso mestiço de labrador marrom de 5 anos.

– O quê? Que diabos você quis dizer? Isso não é uma pergunta.

– E se eu perguntasse: "Será que as pessoas acham o cachorro legal?"

– Cacete... – falou ele, massageando as têmporas. – Pense em algo como: "Os objetos grandes caem mais rápido que os pequenos?" Uma coisa nessa linha.

– Certo. Mas a pergunta pode ter a ver com o cachorro?

– Pode ser sobre o que você quiser. Tudo bem, você está com fixação nessa merda desse cachorro, então, que tal a seguinte pergunta: "Os cachorros conseguem reconhecer figuras?" O que você acha?

Parecia legal. Eu amava o Brownie e fiquei feliz por ele poder fazer parte do meu experimento. Meu pai me ajudou a planejar a experiência. Basicamente, eu seguraria na frente do cachorro todo dia três pedaços de papel, um com o desenho de um triângulo, outro com um círculo e o terceiro com um quadrado. Toda vez que eu estivesse segurando o círculo, daria a ele algo para comer; quando estivesse segurando o quadrado, diria para se sentar e, nas vezes em que estivesse segurando o triângulo, não faria nada. Depois de 15 dias de treinamento, faria dois dias de testes, nos quais seguraria as figuras sem dar ao cão nenhuma recompensa nem fazer qualquer exigência. O objetivo era ver se Brownie reagiria ou não às formas, esperando as ações que haviam acontecido durante todo o período antes dos testes. Eu deveria registrar minhas descobertas em um diário durante os 17 dias.

Quando fiz minha "pesquisa" no primeiro dia, achei um saco. O cachorro não entendia o que estava acontecendo, simplesmente ficava me olhando e às vezes se lambia, enquanto eu segurava os pedaços de papel. Na maior parte do tempo, ele só queria brincar, então comecei a correr pelo quintal, fazendo com que ele me seguisse até eu ficar cansado. Como meu pai trabalhava até tarde toda noite, não sabia que eu não estava fazendo a experiência. De tempos em tempos, ele perguntava como as coisas estavam indo e eu dizia que tudo estava correndo bem. Achei que tinha muito tempo. Contanto que eu começasse 17 dias antes da data da entrega dos resultados à escola, não haveria problema. Mas aí eu me esqueci totalmente da tarefa.

Uma tarde, a professora nos lembrou que nossas experiências deveriam ser apresentadas dali a três dias e senti um frio na barriga. Minha mãe foi me pegar na escola naquele dia e, quando chegamos em casa, corri para o quarto e fechei a porta. Peguei meu diário e comecei a registrar resultados falsos para testes inexistentes em datas fictícias. Calculei que um jeito esperto de esconder minha preguiça era relatar que o cachorro havia lentamente começado a reconhecer as figuras ao final da experiência. Depois, quando fiz os testes sem comandos ou recompensas, ele reagiu de uma maneira que indicava que havia reconhecido as figuras. Eu me lembrava de ter ouvido uma história sobre os cachorros de Pavlov. Pavlov parecia um cientista maluco e aquela parecia uma experiência que ele poderia ter realizado. Era o máximo que eu conseguia pensar.

Por acaso, meu pai chegou cedo naquele dia e eu o ouvi entrar às pressas em casa exatamente no momento em que estava acabando de anotar minhas últimas "descobertas". Joguei a caneta do outro lado do quarto para me livrar de qualquer prova da minha fraude. Quase como se soubesse o que eu estava aprontando, meu pai foi imediatamente até meu quarto.

– Como anda a vida de cientista? – quis saber ele.

Antes que eu pudesse responder, ele viu meu diário e o pegou.

– Todos os dados estão aí, pai.

Ele não estava mais prestando atenção em mim, só analisava os dados. Depois de folhear algumas páginas e digerir os resultados, pôs o diário na minha escrivaninha e me olhou.

– Então, quer dizer que o cachorro reconhece figuras?

– Meio esquisito, né? – falei, tentando parecer ambíguo.

– Esquisito mesmo – disse ele. – Obviamente, você não se

importaria se eu fizesse um pequeno teste com o cachorro para poder ver o resultado – acrescentou.

Naquele momento, fiquei paralisado. Só conseguia pensar que talvez, de alguma maneira, o cachorro poderia reconhecer as figuras e repetir as reações que eu havia escrito. Meu pai pegou do chão as figuras amassadas e saiu.

– Mas algumas vezes o cachorro não consegue reconhecer as figuras. Depende de como ele está se sentindo e coisas desse tipo – falei, tentando me proteger de qualquer resultado.

Meu pai não estava escutando. Ele chamou o cachorro e Brownie veio correndo em nossa direção. Meu pai, então, segurou a primeira figura, um triângulo, na frente do focinho babado do bicho. Segundo os meus "dados", Brownie não deveria fazer nada quando visse o triângulo. E foi o que aconteceu. Infelizmente, essa também foi a resposta dele ao círculo e ao quadrado, aos quais deveria reagir respectivamente farejando minha mão na expectativa de alimento e sentando.

Brownie saiu correndo, meu pai se virou e me encarou com uma expressão assustadoramente tranquila.

– Vou lhe dar uma chance agora de me contar tudo o que você tem a me dizer – falou ele.

Comecei a chorar imediatamente e, entre soluços e fungadas, confessei que havia me esquecido de fazer a experiência e falsificara os dados. Meu pai pegou o caderno, rasgou-o ao meio e tentou atirá-lo por sobre a cerca. Mas as páginas soltas ficaram flutuando como confetes em uma triste comemoração. Ele começou a chutá-las e, sem se dar por satisfeito, pegou um dos brinquedos do cachorro e o arremessou do outro lado do quintal como se fosse um atleta disputando uma medalha de ouro por lançamento. Quando Brownie pegou o brinquedo e voltou trotando para a segunda rodada do que achava que fosse um jogo, meu pai explodiu.

– TUDO MENTIRA, CACETE! VOCÊ SÓ ESCREVEU MENTIRAS! – gritou ele.

– Você não disse que ia me dar uma chance para me explicar? – retruquei aos berros.

– Sim, você me explicou e era tudo mentira!

Minha mãe veio correndo para ver o que estava acontecendo. Ela acalmou meu pai e o levou para o quarto para que pudessem conversar. Depois de aproximadamente 10 minutos, ele voltou ao quintal, ainda quicando de raiva.

– Você envergonhou toda a comunidade científica. A porra do Einstein, todo mundo.

Eu disse que sabia e que sentia muito.

– Esse é o meu trabalho e eu o levo muito a sério.

– Eu sei disso.

– Não, você não sabe merda nenhuma. O que vai acontecer agora é o seguinte...

Ele me disse que eu precisava falar com a professora, confessar que não havia feito a experiência e que tinha falsificado os dados. Depois, devia perguntar se poderia me desculpar diante da classe por ter enganado meus colegas.

– E, se ela disser que você não precisa fazer isso, diga que você vai fazer de qualquer maneira. E quero ver sua declaração ANTES que você a leia para seus colegas. A palavra final é minha.

No dia seguinte, antes da aula de ciências, expliquei à professora o que havia acontecido e, quando a campainha tocou, ela se virou para a minha turma do 6º ano e falou que eu tinha algo a dizer. Levantei-me e li a declaração que havia escrito e que começava mais ou menos assim: "Aos meus colegas de classe e à comunidade científica. Cometi uma fraude, falsifiquei os dados do meu experimento e, com isso, desonrei um método que é importante para o desenvolvimento da raça humana." A declaração continuava por mais algumas linhas, mas ninguém – nem mesmo eu – fazia a menor ideia do que diabos eu estava falando. Entre uma frase e outra, eu olhava para os 30 alunos que me encaravam com expressão vazia. Quando terminei de ler o texto, me sentei. A professora me agradeceu, disse algumas palavras sobre trapacear e depois continuou a aula.

Quando cheguei em casa naquela noite, meu pai me perguntou como tudo havia corrido. Eu disse que havia lido o pedido de desculpas e que a professora havia me agradecido.

– Sinto muito ter sido tão duro com você, mas não quero que as pessoas pensem que você é um mentiroso safado. Isso não é verdade. Você é um ser humano de qualidade. Agora, vá para o seu quarto, você está de castigo.

Sobre respeito à privacidade

"Some daqui, porra, estou fazendo minhas coisas."

Sobre demonstrar medo

"É nas situações em que ficamos com o cu na mão que vemos como as pessoas realmente são. Ou, pelo menos, como o cu delas realmente é."

Sobre perguntas hipotéticas

"Não. Não existe nenhuma situação em que eu devoraria um ser humano, por isso pode parar de inventá-las e de me questionar, entendeu? Pelo amor de Deus, é assim que você passa seus dias, inventando essas merdas?"

Sobre amizade

"Escuta aqui, sei que você odeia brincar com aquele garoto gorducho porque a mãe dele é uma grossa, mas ele não tem culpa de a mãe ser uma vaca. Tente ser gentil com ele."

Sobre honestidade

"Trapacear não é fácil. Você provavelmente acha que é, mas não é. Aposto que você seria pior trapaceando do que tentando fazer qualquer coisa honestamente."

Sobre ser mentiroso

"A pior coisa que você pode ser é mentiroso. Tá, tudo bem, a pior coisa que você pode ser é nazista, mas a segunda pior é mentiroso. Nazista, um; mentiroso, dois."

Sobre deixar meus brinquedos espalhados pela casa

"Merda, acabei de sentar em cima do seu caminhoneiro... Optimus Prime? Não me interessa como ele se chama, deixe-o longe de onde eu gosto de sentar minha bunda."

Sobre segurança infantil

"Não toque naquela faca, você não tem necessidade alguma de segurar uma faca... Não me interessa, aprenda a passar manteiga com uma colher."

Sobre festas do pijama

"Tem salgadinhos no armário e sorvete no congelador. Fiquem longe das facas e do fogo. Muito bem, já fiz minha parte. Agora, vou para a cama."

Sobre dividir

"Sinto muito, mas se seu irmão não quer que você brinque com as coisas dele, você tem que respeitá-lo. São as coisas dele. Seu irmão tem todo o direito de se comportar como um babaca e não dividi-las. Você sempre tem o direito de ser um babaca – só não deve usá-lo com muita frequência."

É IMPORTANTE ENTENDER O VALOR DO DINHEIRO

"Calem a boca e comam."

Meu pai e minha mãe eram pobres quando jovens. Minha mãe vivia em uma comunidade italiana carente nos arredores de Los Angeles (meus avós morreram antes de ela completar 15 anos, e ela e os cinco irmãos foram separados, indo morar na casa de diferentes parentes). Meu pai vivia em uma fazenda em Kentucky, onde ele e a família trabalharam como meeiros até meu avô comprar a propriedade, quando papai tinha 14 anos.

– Quando eu tinha dor de ouvido, minha mãe fazia xixi no meu ouvido para tentar aplacar a dor – contou ele certa vez, tentando ilustrar o grau de pobreza da família.

– Isso parece coisa de maluco, pai. E não algo que as pessoas pobres fazem.

– É, talvez tenha sido um exemplo ruim – admitiu ele depois de pensar por um instante.

De qualquer maneira, meus pais nunca perdiam a oportunidade de lembrar a mim e aos meus irmãos que tínhamos uma vida confortável.

– Vocês vivem fazendo pose em cima de skates e bicicletas como se fossem a rainha da Inglaterra – costumava nos dizer quando passávamos o fim de semana brincando com os amigos e deixando de lado nossas obrigações.

Às vezes, meus pais ficavam preocupados achando que meus irmãos e eu tínhamos uma vida muito fácil, que havíamos crescido sem entender o valor do dinheiro ou que não sabíamos o que era lutar por alguma coisa. Antes mesmo de cursar Direito e começar a atuar no âmbito jurídico junto a populações carentes, minha mãe dedicava boa parte do tempo a serviços voluntários nas comunidades pobres de San Diego. Ela trabalhava com pais carentes e famílias sem-teto, organizando cursos oferecidos após o horário escolar ou ajudando aquelas pessoas a se tornarem autossuficientes a fim de não depender mais da assistência social. Toda vez que eu reclamava de alguma coisa, ela mencionava aquelas famílias.

– Por que não está comendo seu macarrão? – perguntou minha mãe durante um jantar, quando eu tinha 10 anos.

– Porque tem ervilhas.

– Então, tire as ervilhas.

– Você sabe que não gosto de ervilhas, mas mesmo assim enche o macarrão de ervilhas. Por que você faz isso?

– O quê? Você está passando dos limites, rapaz – grunhiu meu pai, levantando a cabeça do prato. – Isso é maneira de falar com a sua mãe? Vocês dois não estão no mesmo patamar. O nível dela é este aqui – disse ele, levantando a mão bem acima da cabeça – e o seu é este – acrescentou, pondo a outra mão embaixo da mesa. – Se ela quiser servir apenas ervilhas por toda a eternidade, você vai sentar aí todo santo dia, comer, agradecer e pedir mais.

– Por que eu pediria mais se detesto ervilhas?

Meu pai me mandou sair da mesa e ir para o quarto, ou pelo menos foi isso que entendi, já que ele estava berrando com a boca cheia de ervilhas. Cerca de uma semana depois, minha mãe voltou da biblioteca da faculdade um pouco mais tarde que de costume e encontrou meu irmão Evan e eu sentados no sofá, assistindo à TV perto do meu pai, que dormia refestelado em sua poltrona. Ela desligou a TV, acordou meu pai e disse a nós três que tinha um anúncio a fazer.

– Vamos comer o que as famílias carentes comem – proclamou.

– O que quer dizer “carentes”? – perguntei em voz baixa para Evan.

– Gente pobre ou algo do gênero – respondeu ele, enquanto rugas de preocupação se espalhavam por seu rosto como uma teia de aranha.

Nossa mãe prosseguiu explicando que havia visitado a mercearia onde algumas das famílias pobres que ela conhecia por causa do trabalho voluntário faziam suas compras com os cupons da assistência social. Ela descreveu a comida e contou que a maioria dos produtos estava dentro da validade, embora tudo tivesse um aspecto nojento. Depois, encerrou sua preleção da seguinte maneira:

– Durante uma semana, vamos comer apenas os alimentos que eu comprar na loja, com o mesmo orçamento dessas famílias.

– Papai... – supliquei, voltando-me desesperado para ele.

– Seu pai acha que é uma ótima ideia – interrompeu minha mãe antes que ele pudesse responder.

Alguns dias depois, nossa geladeira e nossa despensa estavam cheias de alimentos de aspecto estranho que eu nunca tinha visto. Lembro-me de ter pensado comigo mesmo: "As pessoas pobres comem muita coisa enlatada." Muitos dos rótulos das latas indicavam algum tipo de carne e, embaixo, havia escrito "em água". Presunto em água, galinha em água, carne em água. O pão ficava em um saco plástico branco no qual havia apenas três palavras: PÃO BRANCO FRESCO.

– Como isto é fresco? – perguntei a Evan enquanto segurava uma fatia de pão mole e farinhenta.

– Não sei. Acho que em algum momento alguém assou esse pão, que, naquele momento, era fresco.

No primeiro dia do nosso novo regime alimentar, abri na escola o saco de papel marrom no qual minha mãe havia posto meu almoço. O que tirei lá de dentro era uma combinação asquerosa de ingredientes que queriam se passar por um sanduíche de peru. Segurei aquilo na minha frente. O pão parecia duas folhas de lixa molhada e o peru era igual à cara do Larry King: um tipo de carne branca, pegajosa e fibrosa.

– Isso tem cara de ser horrível – disse meu amigo Aaron, olhando para meu sanduíche como se aquilo fosse uma criatura mutilada encalhada numa praia depois de um tsunami.

Naquela tarde, voltei para casa e fui direto para o quarto de Evan. Perguntei se o almoço que ele havia levado para a escola era tão intragável quanto o meu. Era. Nós dois jogamos fora o sanduíche e os estranhos vegetais parecidos com cenouras que o acompanhavam e comemos apenas o tablete de queijo pasteurizado que completava a suposta refeição. Eu queria me rebelar, mas Evan nunca foi muito revolucionário e eu não estava preparado para iniciar uma revolta sozinho. Minha única esperança era que meu pai também estivesse se sentindo enojado e resolvesse pôr fim àquela maluquice.

Algumas horas mais tarde, enquanto estávamos na sala de estar antes do jantar, minha mãe nos apresentou o cardápio daquela noite:

– Sopa de peru – anunciou ela, usando um avental e segurando uma colher grande, enquanto aromas estranhos emanavam da cozinha às suas costas.

Olhei para meu pai, que, inabalável, não tirou os olhos do telejornal. Eu estava preocupado com minha capacidade física de comer a refeição que minha mãe estava prestes a servir e, como sempre faço quando estou nervoso, disse algo positivo em um esforço para obter o melhor resultado possível.

– Eu gosto de peru, certo?

Meu pai continuava a olhar fixamente para a televisão.

– Você está perguntando ou afirmando? – disse ele, sem nem olhar na minha direção.

– Estou dizendo que gosto de peru.

– Tudo bem – respondeu ele, fazendo uma breve pausa antes de acrescentar: – E eu com isso?

Dava para perceber que ele estava de mau humor e achei melhor encerrar a conversa. Dizer que eu gostava de peru me ajudou um pouco e fiquei mais confiante de que conseguiria tomar a sopa.

Alguns minutos mais tarde nos sentamos para jantar e minha mãe encheu nossos pratos com um líquido espesso e marrom que, na minha cabeça, se parecia com a diarreia de um urso-pardo. Pedaços brancos e vermelhos de alguma coisa não identificada boiavam no prato e tudo tinha a consistência de mingau de aveia ralo. Todos nos entreolhamos, até mesmo minha mãe. Mergulhei a colher no prato tomando cuidado para evitar os pedaços sólidos e pegar apenas líquido. Levei-a aos lábios devagar e com determinação, como se eu fosse um espião ingerindo uma cápsula de veneno. Depois, sorvi o líquido. E o cuspi.

– Pelo amor de Deus, estamos tentando jantar! – gritou meu pai, largando sua colher na mesa.

– Não consigo comer isto! Eu tentei! – exclamei enquanto Evan ria.

– Você não tentou – respondeu minha mãe.

– Tentei, sim! Não consigo! É nojento demais!

– É o que as crianças pobres comem. É por isso que estamos comendo dessa maneira, para entender como vivem as pessoas que não têm tanta sorte quanto nós – disse ela.

– Já entendi! Agora quero comer outra coisa! – retorqui enquanto meus olhos se enchiam de lágrimas.

– Calados! Calem a boca e comam – ordenou meu pai e pôs uma colherada de sopa na boca. – Pelo amor de Deus! Isto é medonho! Não consigo comer – disse depois de engolir a sopa.

– Viu? – exclamei.

– Não, vocês dois vão comer – comandou ele, olhando para mim e para Evan. – Eu, não.

– O QUÊ? – gritei.

Levantei-me, saí correndo da sala de jantar, entrei no meu quarto e bati a porta. Presumi que, dali a alguns segundos, minha mãe abriria a porta, diria algo que faria com que eu me sentisse melhor e me chamaria para comer um jantar decente, algo como espaguete com almôndegas ou galinha com batatas. Talvez ela tivesse saído para comprar um sanduíche crocante de frango, meu favorito, para se desculpar por aquela experiência culinária injusta e traumática.

Dez minutos se passaram e ninguém bateu à minha porta. Fiz um pacto comigo mesmo de que não sairia do quarto até que alguém fosse me procurar. Outros dez minutos se passaram, uma hora, três horas e, de repente, já eram dez da noite, minha hora de dormir. Apaguei a luz e fui para a cama, furioso e faminto. Então, de repente, a porta se abriu.

– Oi, mãe – falei, tentando parecer zangado e presumindo que ela tivesse ido me dar boa-noite.

– Não, sou eu – retrucou meu pai enquanto sua figura grande se aproximava de mim, iluminada apenas pela luz do corredor atrás dele.

– Ah, oi – respondi com frieza.

Ele se sentou na cama e pôs a mão no meu ombro.

– Você é um pé no saco, mas eu te amo – afirmou e depois riu para si mesmo.

Não reagi.

– Sei que você está puto da vida. Até entendo *por que* você está puto da vida.

– Não, você não entende – falei, confiante.

– Por favor, você tem 10 anos. Acho que entendo um garoto de 10 anos.

Nossa conversa não estava me deixando menos chateado e ele percebeu. O tom da sua voz ficou mais brando.

– Sei que, na sua cabeça, se você comesse aquela merda, eu também deveria comer. E eu disse que não ia comer, mas que você era obrigado a fazer isso, o que o deixou puto da vida, certo?

– Certo.

– Eu fui pobre. Sua mãe também. Faço um grande esforço

para que você não tenha que passar por muitas das coisas que eu vivi.

– Então, por que essa não pode ser uma delas? – perguntei.

– Filho, você vai comer essa gororoba por uma semana. Sua mãe passou fome durante toda a infância. Quando você dá um piti como o desta noite, ela se sente péssima. É como se você estivesse dizendo que não se importa com o que ela passou. Isso faz sentido?

Eu disse que sim e ele me explicou por que meu comportamento também o havia chateado.

– Durante minha juventude, a comida ocupou um espaço muito importante na minha vida. Era não apenas nossa alimentação, mas nosso modo de ganhar a vida. Quando você dá um chilique por causa de comida, fico irritado – concluiu ele.

– Mas por que você não precisa comer aquilo? A mamãe está comendo e ela já sabe como é. Por que você não precisa comer? – insisti.

Ele ficou calado por um segundo, depois tirou a mão do meu ombro.

– Bem, por duas razões. Primeiro, sei o valor do dinheiro porque trabalho todo santo dia para ganhá-lo, algo que você nunca fez.

– Mas a mamãe também trabalha – interrompi.

– Este é o segundo motivo. Sua mãe é muito mais legal que eu.

Ele me deu um beijo na testa e saiu do quarto.

Sobre filmar a manhã de Natal

"Tudo bem, sorria ao abrir seu presente... Não, sorria e olhe para a câmera, seu idiota."

Sobre acampar com a família

"Não, vou ficar em casa. Vocês podem tirar férias em família e eu vou tirar umas férias da família. Acreditem, assim todos nós vamos nos divertir mais."

Sobre só ter nota 10 no boletim

"Caramba! Você é um garoto inteligente e não estou nem aí para o que os outros falam a seu respeito... Estou brincando, ninguém diz que você não é inteligente. Dizem outras coisas, mas não isso."

Sobre ser picado por uma abelha

"Tudo bem, acalme-se. Está sentindo sua garganta se fechar?... Precisa dar uma cagada?... Não, isso não tem nada a ver com picadas de abelhas, é só porque você está andando pra cima e pra baixo e achei que você estivesse apertado."

Sobre como saber que a comida estragou

"Como diabos vou saber se ainda está boa? Coma. Se você ficar doente, é porque não estava boa. Vocês acham que tenho visão microscópica?"

Sobre enfrentar valentões

"Você vai se deparar com babacas, por isso lembre-se: você não deve se preocupar com o tamanho do cu, mas com a quantidade de merda que sai dele."

Sobre fazer silêncio

"Só quero um pouco de silêncio... Meu Deus, isso não significa que não gosto de você! Significa apenas que, neste momento, gosto mais do silêncio."

NÃO SE DEVE ENCHER O SACO DE TODO MUNDO

"Merda, esqueci de te pegar, não foi?... Sinto muito. A propósito, não vou mais ser o treinador da porra daquele time."

Quando eu tinha 10 anos, meu pai, num momento de desvario, se apresentou como voluntário para treinar meu time de beisebol. Seis meses mais tarde, na primavera de 1991, a carreira de treinador esportivo de Sam Halpern teve um fim abrupto e furioso.

Em 1972, quando meu pai se mudou para Point Loma, nosso bairro na região litorânea de San Diego era sobretudo uma comunidade militar. Papai havia servido na Marinha, e a atmosfera familiar e os moradores com opiniões semelhantes à dele fizeram com que se sentisse bem-vindo. Com o passar dos anos, a proximidade da praia fez de Point Loma um local cobiçado pelos ricos e mansões gigantescas surgiram em torno da nossa modesta casa de três quartos. Meu pai não ficou satisfeito.

– Eu me recuso a virar yuppie – anunciou depois que um jovem casal se mudou para a casa ao lado, substituindo um dos últimos oficiais militares que morava na nossa rua.

Consequentemente, meu time local de beisebol, Tom Ham's Lighthouse, ficou cheio de filhos daquelas pessoas de que meu pai não gostava. Em sua maioria, eram crianças mimadas e malcriadas. Percebi quase instantaneamente que não era a melhor das ideias meu pai ser treinador, mas ele adorava beisebol e me amava, e acho que, na sua cabeça, isso era suficiente.

A única regra do meu pai como treinador era a de que todas

as crianças jogassem o mesmo número de rodadas por partida, a despeito do nível de habilidade delas.

– Trata-se da Liga Infantil. Todos vocês são péssimos e isso não é um problema. Vocês só vão se tornar menos piores se jogarem – explicou na primeira reunião do time.

Então, em todos os jogos, meus companheiros e eu entrávamos e saíamos do campo e cada um jogava quatro das seis rodadas. Às vezes, o rodízio não funcionava com perfeição e, se alguém tinha que ficar no banco durante três rodadas em vez de duas, essa pessoa era eu.

– Você joga bem e sabe disso. As outras crianças abrem o berreiro quando eu as tiro do jogo – dizia meu pai, para me consolar.

– Então, se eu chorasse, jogaria? Isso não é justo.

– Não, mesmo que você chorasse, eu o manteria no banco. Aliás, você ficaria mais ainda no banco porque chorou por não ter jogado uma rodada numa merda de jogo da Liga Infantil. Você é meu filho e a vida é dura.

Em seus primeiros meses como técnico, meu pai não se tornou exatamente um ídolo dos meus companheiros de time e dos pais deles, que achavam inaceitável a regra do tempo de partida igual para todos. Durante um jogo, um dos pais de um garoto começou a reclamar aos gritos da arquibancada, furioso porque o filho não jogaria mais.

– Estamos perdendo por sua causa! Por que deixar o melhor jogador no banco? É uma burrice! – gritou o arrogante pai do meu colega de time.

– O melhor jogador? Não sei a que merda de jogo ele está assistindo – murmurou meu pai para si mesmo.

O pai do garoto continuou, obviamente sem perceber a crescente raiva do meu pai. Quando a rodada finalmente terminou, o técnico Halpern pulou do banco e subiu correndo as arquibancadas.

– Todos jogam o mesmo número de rodadas, esta é a minha regra. Isto aqui não é a porra da Liga Mundial, é a Liga Infantil.

O nosso *outfielder* coça o saco o jogo todo, e até *ele* entende a regra. Qual é o seu problema?

A explosão do técnico acalmou temporariamente os pais, mas, nos bastidores, eu ouvia cochichos dos meus companheiros de time.

No treino da semana seguinte, um garoto chamado Marcus bateu no meu ombro. Virei-me e ele disse:

– Meu pai diz que o seu pai é um babaca.

Não sabia ao certo como reagir, então fiquei ali em pé por alguns segundos até que, finalmente, respondi:

– Não é, não. Seu pai está enganado.

De repente, uma bola de beisebol atingiu minha canela, eu me virei e percebi que era minha vez de jogar. Meu pai tinha jogado a bola em mim porque eu não estava prestando atenção.

– Preste atenção, filho! Não fique aí parado pensando na morte da bezerra.

Meu pai não estava me ajudando a defendê-lo.

A cada treino, os pais e as crianças mimadas o irritavam mais. Ele queria apenas ensinar beisebol, mas não era tão simples assim. Aquilo estava mais para um exercício indesejado de tolerância e autocontrole.

Por fim, os atritos chegaram ao ápice durante um treino em maio. Estava fazendo muito calor e as crianças decidiram que não queriam fazer os exercícios de condicionamento físico que meu pai havia aprendido na Marinha. Depois de uma série de corridas, uma delas se rebelou, recusando-se a obedecer às ordens do técnico.

– Isso é idiotice. Beisebol não tem nada a ver com corrida. Qualquer técnico de verdade sabe disso – gritou meu colega, postando-se desafiadoramente na frente do meu pai.

No instante em que o som da voz insubordinada daquele garoto chegou aos ouvidos do nosso destemido líder, a reação do meu pai foi igual à de Bruce Willis no final de *O sexto sentido* ao perceber que estava morto o tempo todo: choque e confusão absolutos, seguidos de respiros profundos na tentativa de se acalmar. Os esforços de meu pai para manter o sangue-frio foram inúteis.

A discussão fugiu ao controle e, no fim das contas, ele estava berrando para um grupo de 14 garotos e um assistente aterrorizado, Randy, que resolvera ajudar a treinar o time porque a mulher o havia abandonado e ele queria alguma distração para não pensar na própria infelicidade. Randy não era o ser humano mais emocionalmente estável naquele momento.

– Sejam os técnicos do seu próprio time de merda e vão se catar! – esbravejou. Depois, virando-se para o assistente, disse: – O time é todo seu, Randy! Divirta-se!

Meu pai foi pisando duro até o carro e foi embora. Infelizmente, tomado pela raiva, ele se esqueceu de que eu voltava com ele. Estávamos a cinco quilômetros de casa e, naquele momento, eu não ia pedir ao pai de nenhum outro garoto para me dar uma carona. Como todas as crianças me encaravam e Randy parecia prestes a cair em prantos, decidi que voltaria andando para casa.

Uma hora mais tarde, quando eu estava a aproximadamente dois quarteirões de casa, meu pai emparelhou o carro comigo e abriu a janela.

– Merda, esqueci de te pegar, não foi?

Fiz que sim com a cabeça.

– Sinto muito. A propósito, não vou mais ser o treinador da porra daquele time.

Depois de ter abandonado o cargo de técnico, meu pai ainda foi a todos os meus jogos e acompanhou de perto o time. Ele e eu fazíamos nossos próprios treinos nos dias em que o time não treinava.

– Randy não entende porra nenhuma desse jogo. Ele arremessa uma bola de beisebol como se fosse uma mulher jogando dardos.

Então, duas vezes por semana, praticávamos arremessos, só eu e ele. Depois, um dia, enquanto estávamos no carro, indo para o campo para um dos nossos treinos, ele enveredou por um caminho diferente.

– Aonde estamos indo? O campo fica do outro lado – falei.

– Vamos pegar o Roger. Ele vai jogar conosco – respondeu ele.

Roger era de longe o garoto mais esquisito do time. Ele fedia muito, um cheiro de frutas podres misturado com perfume barato. Era um arremessador bastante bom, mas tinha crises no meio do jogo e perdia o controle.

– Por que estamos indo pegar o Roger? – perguntei.

– Estou ensinando você a arremessar. Ele é o outro arremessador do time. Achei que poderia ensinar os dois ao mesmo tempo – respondeu ele.

Paramos na frente de um prédio e lá estava Roger nos esperando. Nas semanas seguintes, ele treinou conosco. Depois dos treinos, meu pai comprava sorvete para nós dois. Não falei sobre aquilo com ninguém. Eu já não era o garoto mais popular do time e a última coisa de que precisava era ficar vinculado ao Roger.

No nosso penúltimo jogo da temporada, meu time enfrentou um dos melhores adversários. Eu havia arremessado nas três primeiras rodadas e o jogo estava equilibrado. Depois, Roger entrou na quarta e na quinta rodadas e acabou com o outro time. Na sexta, enquanto Roger caminhava para assumir sua posição, o pai de um integrante do outro time se levantou da arquibancada e ficou atrás da grade, a três metros de distância da base do batedor. Ele se chamava Steve e era um cara parrudo, com uma grande barriga de cerveja. Parecia alguém que Popeye enfrentaria ao desembarcar do seu navio.

Toda vez que Roger se preparava para arremessar, Steve tentava desestabilizá-lo:

– Ele não sabe arremessar direito! Vocês todos vão marcar pontos! – gritava Steve para o filho e seus colegas de time.

Steve berrava esses comentários destruidores a cada jogada para acabar com o moral de Roger, que passou a fazer um arremesso pior do que o outro. No final, ele estava chorando, arremessando bolas a dois metros de distância ou mais da zona de rebatimento. Randy foi até a posição de arremesso e o tirou de lá. Quando o garoto se sentou ao meu lado no banco, estava soluçando. O técnico o substituiu pelo próprio filho. O menino, que também se chamava Randy, arremessava como o pai e desperdiçou uns seis lances. Perdemos feio.

Depois do jogo, meu pai se aproximou de mim e disse:

– Espere aqui com o Roger. Vamos levá-lo para casa. Mas preciso resolver um assunto antes.

Ele foi até o estacionamento, onde Steve estava ajudando o filho a guardar suas coisas. Esperei cerca de 30 segundos, depois saí atrás do meu pai, contrariando suas ordens. O motivo principal era que eu não queria ficar perto de Randy pai e Randy filho. Os dois sempre se despediam abraçando todo mundo em vez de acenar ou cumprimentar normalmente os companheiros, e eu achava aquilo horrível.

Ao me aproximar, vi que meu pai e Steve conversavam acaloradamente.

– Faz parte do jogo, Sam – disse Steve.

– Porra nenhuma – meu pai retrucou.

– Cuidado com o linguajar, Sam.

– O pai do garoto é um bêbado. A família dele é toda problemática e você sabe disso. Aí fica tentando desestabilizá-lo, gritando como se estivesse na Liga Mundial, só para seu filho ganhar uma partida da Liga Infantil? Você é adulto, cacete! Qual é a porra do seu problema?

Àquela altura, Steve murmurou mais algumas palavras e depois entrou na picape com o filho Kevin e foi embora.

Meu pai nos levou para tomar sorvete antes de deixar Roger em casa. Não falamos muito no caminho de volta. Eu não tinha certeza do que havia acontecido, mas sabia que meu pai estava zangado com Steve e calculei que talvez pudesse fazer com que ele se sentisse melhor.

– Também não gosto do Steve, pai. Ele é gordo que nem o Kevin. Eles acham que sabem fazer as coisas, mas só são bons porque são gordos e maiores do que todos os outros – resmunguei.

Meu pai permaneceu em silêncio enquanto estacionava o carro na entrada da nossa garagem. Depois, se virou para mim e disse:

– Filho, não entendi merda nenhuma do que você disse. Tire os sapatos antes de entrar em casa, acho que você pisou em cocô de cachorro.

Sobre a minha formatura do 8º ano

"Vão comemorar sua formatura do 8º ano? Estivemos na formatura do 6º ano há pouquíssimo tempo! Meu Deus, por que eles não dão uma festa cada vez que você limpa a bunda direito?"

Sobre a puberdade

"Como a puberdade está tratando você?... Como eu sei que você está na puberdade? Sei lá, talvez os 300 pentelhos que você passou a deixar no assento do vaso sanitário tenham sido uma dica."

Sobre o pedido para que me passasse o pacote de balas enquanto víamos *A lista de Schindler*

"O que você quer? Balas? Eles estão jogando pessoas na câmara de gás e você quer uma balinha?"

Sobre comer acidentalmente biscoitos caninos

"Tenho comido biscoitos para cachorro? Por que diabos você os guarda no mesmo armário que a comida? Foda-se, são uma delícia. Não vou sentir vergonha por causa disso."

Sobre fazer um teste para entrar no time de futebol americano dos calouros do ensino médio

"Não vou deixar você fazer teste nenhum, você é magricela demais... Não, odeio ter que dar esta notícia, mas você não pode fazer o que quiser e, sem dúvida alguma, não é um homem."

Sobre a cara de Bob Saget's ao apresentar *America's Funniest Home Videos*

"Guarde esse rosto na memória. É o rosto de um homem que se odeia."

Sobre se sentir intimidado

"Ninguém é tão importante assim. As pessoas comem, cagam e trepam, exatamente como você. Bem, talvez não exatamente como você. Você tem problemas de estômago."

Sobre os efeitos medicinais do bacon

"Você se preocupa muito. Coma um pouco de bacon... O quê? Não, não tenho a menor ideia se vai fazer você se sentir melhor. Simplesmente preparei bacon demais."

ESFORCE-SE AO MÁXIMO E, QUANDO ISSO NÃO FOR SUFICIENTE, INVENTE ALGUMA COISA RAPIDAMENTE

"Ah, me poupe! Ficar no seu quarto não é como ficar preso. Você não precisa se preocupar com a possibilidade de ser violentado por uma gangue no seu quarto."

Meu pai sempre valorizou educação e trabalho duro.

– Se você trabalha e estuda pra valer e se fode, tudo bem. Se você não se esforça e se fode, você é um merda – ele me disse em mais de uma ocasião.

Mas existem muitos outros fatores além do esforço que fazem parte de uma experiência escolar bem-sucedida e agradável. Provavelmente a mais importante é sua capacidade de se adaptar socialmente.

Quando entrei no segundo ciclo do ensino fundamental, eu media 1,52 metro, pesava 36 quilos, usava óculos gigantescos e, segundo meu avô, tinha uma voz de mulherzinha. Eu tinha consciência da minha aparência física. Em uma excursão ao Sea World, um caricaturista desenhou meu retrato, que não ficou tão exagerado assim. Eu era, basicamente, um personagem que um roteirista preguiçoso podia criar sem muito esforço para retratar um típico *nerd*. Minha mãe achava que "esquisito" significava apenas que eu era criativo. Então, quando eu estava para entrar no 7º ano, ela convenceu meu pai a me mandar para uma escola de artes dramáticas na qual todas as crianças eram igualmente estranhas. Mas, depois do 7º ano, meus pais decidiram que aquela escola era um desperdício.

– Não vi você *criar* ou *interpretar* nada durante o ano todo. Assim, não faz sentido pagar mais para mandá-lo para um lugar chamado Escola de Artes Cênicas e Criativas – disse meu pai ao me avisar que eu voltaria para o ensino público.

No início do 8º ano, eu ainda não havia espichado muito e minha aparência era igual à do ano anterior. Acho que minha voz talvez estivesse ainda mais aguda. Depois de cinco minutos do primeiro dia de aula, saquei como seria o meu ano.

– Justin Halpern – anunciei quando a professora perguntou meu nome.

Um garoto alto e de bigode chamado Andre se inclinou na minha direção.

– Ei, bichinha – murmurou.

– O que foi? – perguntei nervoso.

– Por que você tem essa voz de mulherzinha?

Um ano depois, quando estava começando o ensino médio, eu havia crescido vários centímetros, me sentia mais confiante e já não era mais chamado de "bicha" em 85% das vezes. Eu tinha alguns amigos e todo mundo que havia implicado comigo no ano anterior passou a me deixar em paz.

Meu pai percebeu que voltei da escola mais animado ao final da primeira semana de aula.

– Você anda mais alegre – disse ele. – Parece que sempre acabou de cagar.

Porém, por causa da minha recém-descoberta felicidade e da minha nova vida social, comecei a descuidar dos estudos. No primeiro boletim do 9º ano, minha média era 6. Sabia que não estava boa, mas não achava que estivesse *tão* ruim assim. Meu pai tinha outra opinião.

– Não está tão ruim assim? Você não está na porra do MIT,

está no 9º ano! Olha esta merda! – gritou, segurando o boletim. – Você tirou 6 em jornalismo? Como isso é possível? Você trabalha para o *New York Times*? Não conseguiu um furo de reportagem sobre corrupção? Meu Deus, é inacreditável!

Depois de discutir em particular com minha mãe sobre como lidar com as minhas notas baixas, meu pai se sentou comigo e me disse que, na semana seguinte, eu não poderia sair do quarto a não ser para ir à escola e ao banheiro. Eles serviriam as refeições no meu quarto.

– O QUÊ? – berrei. – Isso é ridículo! Muita gente tem notas bem piores do que as minhas. E este é só um boletim bimestral, nem vai constar do meu histórico escolar!

– Não quero ouvir essa conversa fiada. Você é inteligente demais para tirar essas notas. Isso significa que você foi preguiçoso e não fez porra nenhuma – retorquiu meu pai.

– É inacreditável! Vocês estão me pondo na prisão. Isso é prisão! Por causa de uma média 6!

– Ah, me poupe! Ficar no seu quarto não é como ficar preso. Você não precisa se preocupar com a possibilidade de ser violentado por uma gangue no seu quarto.

A matéria que mais puxava minha média para baixo era matemática, mas, no dia seguinte, na escola, descobri que aquilo não estava acontecendo só comigo. Dois terços da turma tinham tirado nota baixa. Meu professor era um sujeito durão e dizia que não ia facilitar as coisas para nós. Ou aprendíamos ou seríamos reprovados.

Na primeira noite da minha detenção, meu pai voltou do trabalho, pôs uma calça de moletom e entrou no meu quarto.

– Pegue seu livro de matemática. Vamos curar esse caso de burrice súbita – disse sentando-se ao meu lado na cama e apontando para uma pilha de livros embaixo das minhas roupas sujas. – Pelo amor de Deus, abra a janela! Este quarto está cheirando a carniça – acrescentou.

À medida que estudávamos, ele percebia que, além de eu não ser capaz de resolver nenhum dos problemas, não entendia nem mesmo os conceitos básicos necessários para começar a abordá-los.

– Eles não ensinaram essas coisas? – perguntou.

Respondi que não e acrescentei o que o professor dissera sobre aprender ou ser reprovado.

– O quê? Porra nenhuma. Só um babaca pode dizer algo assim. Eu e esse professor vamos ter uma conversinha. Vou à sua escola amanhã.

No dia seguinte, eu estava sentado na minha carteira, morrendo de medo de que meu pai aparecesse a qualquer momento. Sabe aquela sensação que dá quando você está na subida de uma enorme montanha-russa à espera da primeira descida íngreme? Imagine isso, mas imagine também que você está com diarreia. Por acaso, eu estava, graças a uma combinação de *queso fundido* que havia comido na noite anterior em um restaurante mexicano e caixas de balas com as quais tinha me empanturrado a manhã inteira. Passei os três primeiros tempos correndo entre as salas de aula e o banheiro, rezando para que meu pai não entrasse na minha sala enquanto eu estivesse no banheiro.

Depois, no quarto tempo, eu o vi no corredor, sendo encaminhado para minha aula de inglês por um inspetor. Ele se aproximou e ficou esperando do lado de fora, andando para cima e para baixo, carregando sua pasta. Afundei na cadeira. Um maconheiro chamado Brandon se inclinou na minha direção e apontou para o meu pai.

– Aposto que aquele cara é do FBI ou de algum lugar assim.

– Você está enganado – murmurei.

Quando a campainha tocou, fui até o corredor falar com meu pai.

– Cate suas tralhas. Vamos conversar com seu professor – disse ele.

– Não dá para fazer isso depois, pai? Por que você precisa fazer isso durante o horário de aula?

– Filho, relaxe, só quero bater um papo com o cara. Não vou arrancar a cabeça dele – disse. – A menos que me provoque.

Fomos até o prédio onde eu tinha aula de matemática. Os alunos começaram a entrar na sala e o professor continuou sentado em um canto, atrás da sua mesa. Ele parecia Dustin Hoffman, se a pele de Dustin Hoffman fosse feita de jornais largados ao sol. Meu pai foi direto até ele. Fiquei escondido, tentando não ser visto.

– Você é o professor de matemática? – grunhiu meu pai.

O professor levantou a cabeça com ar aborrecido.

– Sou. Em que posso ajudá-lo?

Os cerca de 10 alunos que já tinham se sentado começaram a prestar atenção.

– Aquele lá fora é meu filho. Ele está na sua turma – disse meu pai. Tentei me esconder atrás de uma árvore. – Justin, venha cá. O que você está fazendo, filho?

Saí de trás da árvore e subi os degraus para entrar na sala.

– Bem, você vai reprová-lo e isso não é um problema. Se ele merece ser reprovado, reprove-o. Mas, quando fomos estudar matemática, ele não conhecia nem os conceitos básicos e disse que você nunca os havia ensinado.

– Esta é uma aula de matemática avançada e, se os alunos não conseguem acompanhá-la, devem pedir transferência para uma mais adequada ao seu nível. Ensino esta matéria da mesma maneira há 12 anos – respondeu o professor.

– Não me interessa há quanto tempo você ensina essa matéria. Ele me disse que todos os garotos estão tirando notas baixas e se sentem burros – argumentou meu pai, apontando para os alunos em sala de aula, que, na sua maioria, não se achavam burros. – Este é o meu problema – acrescentou.

Àquela altura, acho que meu professor percebeu que não estava lidando com um típico pai zangado, mas com alguém que o estava fazendo parecer um idiota diante dos alunos. Então, levou-o para conversar do lado de fora. Aproveitei para entrar na sala. Todos os meus colegas estavam olhando fixamente para mim e o pior é que a sala já estava quase cheia. Sentei-me no meu lugar evitando encarar as pessoas. A cada 10 ou 15 segundos, ouvíamos palavras e frases vindas lá de fora.

– Não vou tolerar isso! – gritava o professor.

– AH, VAI! Você *vai* tolerar isso! – respondia meu pai.

– Caramba, seu pai está acabando com a raça do Sr. Jensen – disse sorrindo o garoto sentado ao meu lado.

Depois de alguns minutos, nosso professor entrou, seu rosto ressecado agora corado de raiva. Meu pai também entrou na sala e foi direto até a minha carteira.

– Nem se dê ao trabalho de prestar atenção. Você vai mudar de turma amanhã – disse, antes de sair.

Naquela noite, durante o jantar, meu pai agiu como se nada tivesse acontecido, mas, pouco antes de eu ir para a cama, me chamou na sala, onde estava sentado no sofá.

– Vamos ser sinceros: você não é Einstein, mas não deixe que um babaca feito aquele professor faça você se sentir burro. Você é muito inteligente e bom em outras coisas. Sabe disso, não sabe?

– Sei.

– Só não diga "sei" como um palerma. Quero ouvir você dizer que é bom em outras coisas.

– Sou bom em outras coisas.

– Isso mesmo. Foda-se aquele professor de matemática – disse ele. – Ah, mais uma coisa – acrescentou. – Amanhã, vá falar com seu orientador. Acho que eles vão transferi-lo para uma daquelas aulas de matemática em que todo mundo usa a calculadora para fazer tudo.

Sobre deixar de ver meu arremesso perfeito na partida de beisebol para assistir ao Derby de Kentucky

"Um arremesso perfeito? E eu não vi! Merda! Bem, o Derby foi fantástico, se isso pode servir de consolo para você."

Sobre deixar de ver meu segundo (e último) arremesso perfeito um ano depois, pelo mesmo motivo

"Você só pode estar me sacaneando! Eles precisam parar de marcar as partidas no dia do Derby. Isso é burrice."

Sobre amizade

"Você tem bons amigos. Gosto deles. Acho que eles não transariam com sua namorada, se você tivesse uma."

Sobre amizade, parte II

"Não preciso de mais amigos. A única coisa que os amigos fazem é pedir ajuda quando estão de mudança. Que se dane. Estou velho para ficar carregando as coisas dos outros."

Sobre quebrar acidentalmente a louça

"Meu Deus, é como ir a um casamento grego. Você precisa ter mais coordenação motora porque, neste momento, ela está uma merda."

Sobre me deixar ir a uma festa em que não há adultos

"Sem a menor chance... Sim, você é responsável, mas já vi seus colegas de escola e, se eles não fossem tão idiotas, seriam marginais."

Sobre sexo seguro

"Vou pôr um punhado de camisinhas no porta-luvas do carro... Que se dane se você não quer falar desse assunto comigo, também não quero falar disso com você. Acha que eu quero que você fique trepando no meu carro? Não. Mas prefiro isso a bancar um filho que você arrumou por falta de camisinhas ali dentro."

Sobre a escolha de uma profissão

"Você precisa fazer algo de que goste... Ai, cacete, está na cara que você *não* ouviu esta conversa antes. Olha só a porcaria de lugar em que você está trabalhando."

Sobre ficar na fila para ver *O Parque dos Dinossauros*

"Não há filme que me faça encarar uma fila que dure mais tempo do que o próprio filme. Ou vamos ver outra coisa ou vou embora e você volta de táxi para casa."

NO FINAL DAS CONTAS, VOCÊ PRECISA TOMAR A MELHOR DECISÃO PARA SI MESMO

"Eu não vou assumir a culpa pelo filme pornô de outra pessoa."

Um dia, quando eu tinha 14 anos, meu amigo Aaron entrou ofegante e suado na minha casa depois da escola. Dava para ver por seu olhar intenso que ele estava prestes a me contar a coisa mais importante que eu tinha ouvido em toda a minha vida até aquele momento. E eu estava certo.

– Cara, encontrei um filme pornô no beco atrás do 7-Eleven – anunciou ele, tirando da mochila um vídeo chamado *New Wave Hookers*, cuja embalagem de papelão gasta e manchada não deixava dúvidas sobre o fato de alguém ter tirado muito proveito daquela belezinha.

Nós reagimos como dois fazendeiros ao descobrir um saco de dinheiro em um dos seus campos de milho: primeiro ficamos eufóricos e logo depois paranoicos e desconfiados um do outro. Mas sabíamos que tínhamos de trabalhar juntos para garantir que aquela oportunidade não fosse desperdiçada. Decidimos que a melhor ideia era cada um ficar um tempo com a fita: eu tinha direito à primeira e à terceira semanas de cada mês e Aaron às outras.

Embora tenha visto o filme mais de 50 vezes, até hoje não tenho certeza de qual era a trama, já que nunca consegui passar dos primeiros 20 minutos. O único lugar em que podia assistir à fita era no quarto dos meus pais. Eles possuíam o único videocassete da casa, o que fez com que eu me sentisse como uma gazela descobrindo que a única poça d'água em um raio de mil quilômetros ficava dentro da toca de um leão. No entanto, nunca pensei que não valia a pena. Eu esperava meus pais saírem de casa, entrava no quarto deles e fazia as minhas coisas. Até arquitetei um plano caso ouvisse a porta da casa se abrir: eu puxaria as cuecas ao mesmo tempo que apertaria o botão EJECT, depois, num único movimento, removeria a fita e apertaria o botão TV/VÍDEO para que eles não percebessem que o videocassete tinha sido usado. Era um plano eficiente e bem pensado que nunca falhou.

Infelizmente, fui pego mesmo assim.

Acordei uma manhã e vi meu pai pairando sobre mim, balançando minha cópia de *New Wave Hookers* como se fosse um bilhete premiado da loteria. Eu havia violado a principal regra de quem assiste a pornografia: não deixar a prova do crime no videocassete.

– Não me interessa se você assiste a filmes pornôs – disse ele. – Mas (a) não quero isso no meu quarto (a última coisa de que preciso é voltar do trabalho e sentar em cima das suas lambanças) e (b) não quero que sua mãe descubra pornografia no meu quarto e pense que é minha. Aí, isso vai se tornar meu problema e não vou assumir a culpa pelo filme pornô de outra pessoa.

– Você vai contar para a mamãe? – perguntei em pânico.

– Não, vou ficar na minha desde que você não faça essa merda na minha cama – disse ele, piscando o olho.

Levantei minha mão confiante, deduzindo que, depois daquela conversa de homem para homem, ele me devolveria o filme.

– Bela tentativa – foi a resposta. Depois, ele se virou e foi embora rindo, com a fita embaixo do braço.

Para um adolescente, é muito constrangedor quando o pai descobre seus filmes de sacanagem. Vivenciei um momento ainda mais embaraçoso na manhã seguinte, quando acordei com minha mãe olhando para mim e segurando a cópia de *New Wave Hookers*. Meu pai tinha me dedurado.

Quando minha mãe acabou de descrever os malefícios da indústria pornográfica e de detalhar a natureza irreal do sexo retratado em seus produtos, gritando comigo o tempo todo, fui até a sala de estar como um homem que havia percorrido uma grande distância para vingar uma morte.

– Ei! – gritei para o meu pai, que estava comendo sua tigela diária de cereais.

Ele levantou a cabeça e me olhou, fazendo uma cara que dizia: "Cuidado com a escolha das suas palavras."

– Você contou à mamãe sobre meu filme... – e só articulei a palavra *pornô*, sem pronunciá-la. – Você disse que não ia fazer isso! – acrescentei a todo o volume.

Ele largou o jornal, olhou para mim e respondeu com uma voz comedida:

– Pensei a respeito. Seria arriscado demais para mim não contar a ela. Você não deveria ter deixado a fita no nosso videocassete. Seu pênis o traiu, filho. Fez com que você raciocinasse mal. Esta não será a última vez que isso acontece.

Sobre a disfunção erétil de um amigo idoso da família

"Não sei por que as pessoas continuam a me procurar quando não conseguem ficar de pau duro. Se eu soubesse como consertar isso, estaria dirigindo uma Ferrari a 300 quilômetros por hora na direção oposta à desta casa."

Sobre minhas ausências frequentes nos bailes da escola

"Você reclama que nunca vai, então por que simplesmente não pega e vai?... Arrume uma companhia... Conheça mais mulheres... Pelo amor de Deus, filho, não vou continuar com esta linha de questionamento, estou ficando deprimido. Faça o que quiser."

Sobre treinar

"Ninguém gosta de treinar, mas o que é pior: treinar ou ser péssimo em alguma coisa?... Ah, dá um tempo, treinar não é pior do que ser péssimo."

Sobre ser resgatado por um salva-vidas na praia

"O que você estava fazendo tão longe? Você não sabe nadar... Filho, você é um bom atleta, mas já vi o que você chama de nadar. Parece uma criança retardada ajoelhada tentando esmagar formigas."

Sobre quebrar a janela do vizinho pela terceira vez em um ano

"Qual é o seu problema? Esta é a terceira vez. Sabe, a esta altura já estou achando que é culpa do vizinho... Não, não é verdade, a culpa é sua, só estou tentando negar o fato de que meu DNA se envolveu de alguma maneira em algo tão idiota."

Sobre a partida de beisebol do final do ano para angariar fundos

"Me diga simplesmente quanto preciso dar para nunca sair deste sofá."

Sobre videogames

"Você não pode ter um negócio desses... Tudo bem, então vá jogar na casa do seu amigo. Aproveite e tente comer e cagar por lá também."

Sobre a importância de assistir ao telejornal da noite

"Vamos terminar esta conversa daqui a pouco, o telejornal está começando... Bem, se você está com tuberculose, não vai piorar nos próximos 30 minutos."

Sobre ocasiões apropriadas para dar presentes

"É, comprei um presente para ele. Ele expeliu um cálculo renal. Se você expele uma pedra pelo bilau, merece mais do que um tapinha nas costas."

Sobre minha primeira aula de direção

"Primeiro vamos aprender o básico: um carro tem cinco marchas. Que cheiro é esse?... Tudo bem, o básico antes do básico: só um babaca peida em um carro parado."

A AUTOCONFIANÇA É O CAMINHO ATÉ O CORAÇÃO DE UMA MULHER, OU PELO MENOS ATÉ SUAS CALCINHAS

"Ninguém quer dormir com um cara que não dormiria consigo mesmo."

Entre o final do primeiro ano e o começo do penúltimo do ensino médio, cresci 30 centímetros. De repente, estava com 1,82 metro de altura.

– Você está começando a ficar parecido com um homem. Mais ou menos – comentou meu pai no meu aniversário de 16 anos, enquanto eu abocanhava o filé mignon que ele havia pedido para mim na Ruth's Chris Steak House.

A desvantagem de um crescimento tão rápido era que eu não conseguia controlar muito bem meu corpo. Eu me movimentava como uma marionete manipulada por um titereiro com paralisia cerebral. A boa notícia era que, apesar de mal conseguir andar três metros sem tropeçar em algo, eu arremessava uma bola de beisebol com bastante força. Fui promovido a arremessador do time de beisebol e liderei a equipe em vitórias e *strikeouts*.

Naquele ano, a treinadora das líderes de torcida do meu colégio decidiu, em um rompante de espírito escolar, que forçaria sua equipe a ir a todos os jogos de beisebol. Ir a um jogo de beisebol de escolas do ensino médio é muito semelhante a ir a um festival de cinema estudantil: você está lá porque se sente em dívida com alguém envolvido naquilo e, depois de duas horas repetitivas e entorpecentes de "ação", você cumprimenta a tal pessoa e tenta ir embora o mais rápido possível. É desnecessário dizer que as líderes de torcida passavam a maior parte do tempo fazendo os deveres de casa e observando a grama crescer nas laterais do campo. Mas meu pai, que ia à maioria dos meus jogos, tinha outra opinião.

– Vi a maneira como elas olham para você – disse ele no carro ao me levar para casa depois de uma partida.

Tentei explicar que elas não olhavam para mim de nenhuma maneira específica e que, se olhavam para algo durante uma partida, era para o relógio, na esperança de que aquilo chegasse logo ao fim.

– Que nada! – insistiu.

Felizmente, ele deixou o assunto morrer. Mas não por muito tempo.

Aos domingos, meu pai geralmente acordava cedo e ia até a Winchell's Donut House, onde comprava uma dúzia de *donuts* para o café da manhã da família, inclusive dois com cobertura de chocolate especificamente para mim. Mas, num domingo da primavera de 1997, acordei e descobri que não havia nenhuma caixa de *donuts* me esperando sobre a mesa da sala.

– Vista-se e vamos comprar uns *donuts* – disse ele enquanto eu entrava cambaleando na sala de jantar.

Enfiei meus shorts de basquete e uma camiseta e nos dirigimos ao Oldsmobile prata do meu pai. Quando tentei ligar o rádio do carro e ele rapidamente o desligou, entendi que queria conversar comigo a respeito de alguma coisa.

Depois, passamos batidos pela Winchell's.

– Achei que fôssemos comprar *donuts* – falei.

– Não, vamos tomar um café da manhã de verdade – replicou ele enquanto entrava no estacionamento do Denny's perto da nossa casa.

– Aqui é o Denny's – observei.

– Bem, você não é a rainha da Inglaterra.

Entramos no restaurante e meu pai disse à recepcionista que gostaria de uma mesa para duas pessoas. A garçonete nos levou até os fundos, onde uma mesa pequena e quadrada estava preparada perto de uma mesa retangular maior, ocupada por seis universitários com cara de ressaca, dentre os quais dois sujeitos que usavam camisetas comemorativas de trotes da sua confraria na Universidade Estatal de San Diego. As mesas estavam praticamente grudadas, a não ser por uma aba que havia sido dobrada para dar uma aparência de privacidade. Nós nos sentamos e meu pai disse à garçonete que queríamos dois sucos de laranja. Ela foi embora e ele voltou a atenção para mim.

– Sou homem. Gosto de sexo – disse ele.

O grupo de universitários ao nosso lado congelou, depois explodiu em risos abafados. Com um pânico crescente, percebi que ele estava prestes a começar sua versão de uma conversa sobre sexo comigo, naquele momento, no Denny's.

– Não, não, pai. Do que você está falando? Talvez não devêssemos comer aqui. Vamos embora. Vamos.

– Que história é essa? Acabamos de sentar. A comida do Denny's não é das melhores, mas você come porcarias como esta o tempo todo – protestou exatamente quando a garçonete pôs na mesa os dois copos de suco de laranja.

Olhando pelo canto do olho, dava para ver que os universitários estavam concentrados em mim e no meu pai como se tivessem pagado para assistir. Eu quase que esperava que um deles tirasse de algum lugar um balde gigante de pipoca. Sem notar meu crescente desconforto, meu pai continuou, falando que, no seu tempo, ele "se divertiu muito" e dormiu com um número aparentemente significativo de mulheres.

– Não sou tão bonito assim. Nunca fui. Mas não me importava com isso. Você não é feio. É mais bonito do que eu era. Mas ninguém está pagando para tirar fotos de nós dois, não é?

Concordei com a cabeça e, naquele momento, ouvi um dos universitários exclamar "Uau", fazendo com que os colegas caíssem na gargalhada.

Então, meu pai me disse que a única maneira de conhecer mulheres era "agir como se você já tivesse feito aquilo".

– Não se preocupe se elas disserem que não gostam de você. Isso vai acontecer. Foda-se. Senão, homens como você e eu nunca iriam conseguir transar.

A garçonete estava a poucos metros de distância e se aproximava rapidamente para anotar nosso pedido. Eu estava morrendo de vergonha. Me sentia como se todo o restaurante, toda San Diego, estivesse ouvindo, observando e rindo. Queria simplesmente que aquilo acabasse. Então, fiz algo que raramente faço com meu pai: eu o interrompi.

– Pai, será que dá para você, por favor, ir direto ao assunto? Não quero falar sobre isso durante o café da manhã com toda essa gente à nossa volta – disse enquanto olhava para a direita e para a esquerda, indicando as pessoas que estavam ouvindo e demonstrando meu constrangimento.

Ele parou, correu os olhos pelo restaurante e depois fitou os universitários que estavam ao nosso lado. Os rapazes rapidamente desviaram o olhar.

– Você se importa com o que todas essas pessoas pensam apesar de nunca ter visto nenhuma delas, não é?

Em seguida, balançou a cabeça, pegou o jornal que estava perto dele e começou a ler, o que foi mais constrangedor ainda, pois fiquei sem nada para fazer a não ser olhar para o jornal, sozinho em minha humilhação. Pedimos nossa comida e ficamos sentados em silêncio até que a garçonete voltou com os ovos mexidos do meu pai e minhas panquecas.

– Pai, o que você queria dizer? – perguntei finalmente, falando baixinho.

– Filho, você está sempre me contando por que as mulheres não gostam de você. Ninguém vai dormir com um cara que não dormiria consigo mesmo.

– Era só isso que você ia dizer? – perguntei.

– Não, mas se você se importa com o que um bando de pessoas no Denny's está pensando a seu respeito, então o resto do que eu ia dizer não tem a menor importância.

Pedi que parasse de ler o jornal e ele o colocou sobre a mesa engordurada e olhou nos meus olhos.

– Foi para isso que você me trouxe aqui? Era uma espécie de teste para ver se eu ia ficar envergonhado?

– Filho, tenho cara de quem tem um plano mestre? Só queria conversar com você e comer uns ovos mexidos. Deixe-me acabar de fazer uma dessas coisas.

Sobre jardinagem

"O que você está fazendo com esse ancinho?... Não, não é assim que se usa um ancinho... O quê? Estilos diferentes de usar o ancinho? Não, só existe um estilo, o resto está errado. Adivinhe o que você está fazendo."

Sobre comunhão com a natureza

"Não sei se você pode chamar isso de desbravar a natureza, filho... Bem, para início de conversa, havia um furgão estacionado a 15 metros dos sacos de dormir de vocês."

Sobre ser rejeitado pela primeira garota que convidei para ir ao baile de formatura

"Sinto muito. Você viu a minha nova pochete por aí?... Não, eu me importo com o que você disse. Falei que estava chateado. Não posso estar chateado e perguntar onde está minha pochete ao mesmo tempo?"

Sobre minhas tentativas de participar da cultura urbana

"Por que diabos você está se contorcendo no chão?... Não sei bem o que é *breaking dance*, mas espero sinceramente que não seja o que você está fazendo."

Sobre vender seu amado Mercury Cougar duas portas 1967

"Isto é o que acontece quando você tem uma família. Você faz sacrifícios. [Pausa.] Você faz muitos sacrifícios. [Pausa longa.] É melhor para você ficar longe de mim nos próximos dias."

Sobre os exames de admissão para a universidade

"Lembre-se, é apenas um teste. Se você fracassar, isso não significa que você é um merda. Dito isso, tente não fracassar. Isso é importante."

Sobre escolher a faculdade certa

"Não escolha um lugar só porque você acha que vai ser fácil transar lá... Não, não, esse é um ótimo motivo para escolher muitas coisas, mas não esta."

Sobre as normas de comportamento para pegar o carro emprestado

"Você pegou o carro emprestado e agora ele está fedendo a merda. Não me importa se você fede a merda, isso é problema seu. Mas, quando você empesteia meu carro, o problema é meu. Leve-o para algum lugar e elimine esse cheiro de merda."

Sobre a hora de voltar para casa

"Não me interessa a hora que você volta para casa, simplesmente não me acorde. A regra é esta: não me acorde."

Sobre usar gel no cabelo pela primeira vez

"O visual tá legal, o cheiro é que está estranho. Não sei definir muito bem que cheiro é esse. É uma mistura de álcool e, sei lá, cocô, eu acho."

SEMPRE TENTE CAUSAR UMA BOA IMPRESSÃO

"Um garoto de 3 anos não tem permissão para agir como um babaca."

Durante minha infância, minha família costumava ir uma vez por ano a Champaign, Illinois, onde várias gerações de Halperns se reuniam na casa da minha tia Naomi. Ao contrário do meu pai, os parentes dele são as pessoas mais delicadas, acolhedoras e carinhosas que já conheci. Toda vez que os visitávamos no Meio-Oeste, eu me sentia como se estivesse em um especial de Natal da TV. Todos usavam suéteres de cores fortes e, sempre que eu conhecia novos parentes adultos, a cena era a mesma.

– Veja só! Você cresceu muito e está lindo! – exclamavam. – Ele não é lindo? – acrescentavam, dirigindo-se aos meus pais.

Meu pai sempre reagia exatamente da mesma maneira:

– É, estou esperando as agências de modelo entrarem em cena para me aposentar – respondia e depois ria por um longo período, às vezes até ficar sem fôlego, enquanto nós ficávamos ali em pé, usando nossos suéteres coloridos e esperando que aquela explosão de gargalhadas chegasse ao fim.

Na nossa reunião anual em Illinois em novembro de 1997, muitos dos meus priminhos estavam correndo pela casa. Eram ótimas crianças, mas eu achava um deles especialmente engraçado: Joey, com 3 anos na época. Eu o tinha visto alguns meses antes, no aniversário dele, na casa de um primo em Seattle. O menino estava tão excitado com o próprio aniversário que ficou quase uma hora correndo a toda em volta da casa do meu primo, parando a cada minuto na frente de um parente e gritando:

– É MEU FELIZ ANIVERSÁRIO!

Ele era como um mini David Lee Roth animando a galera em um concerto do Van Halen antes de cantar "Jump". Toda vez que Joey parava na minha frente, antes que ele dissesse a sua frase, eu o incitava perguntando:

– Hoje é o feliz aniversário do Joey?

Ele arregalava os olhos como se eu estivesse levitando na sua frente e se esgoelava:

– FELIZ ANIVERSÁRIO DO JOEY!

Fizemos isso provavelmente umas 25 vezes até meu irmão Dan chegar perto de mim e dizer:

– Cara, para com essa merda.

A reunião de família, alguns meses mais tarde, foi a ocasião em que reencontrei Joey depois do aniversário dele. Assim que me viu, ele abriu o maior sorriso e correu para mim gritando:

– FELIZ ANIVERSÁRIO DO JOEY!

Eu ri e disse que estava contente em revê-lo, mas ele não deu a mínima para a minha saudação. Continuou a repetir seu bordão sem parar. Nos primeiros 10 minutos, meus parentes acharam engraçadinho e sorriram ou afagaram seus cabelos. Meu pai estava no banheiro enquanto Joey ficou repetindo sua frase como um papagaio drogado e, ao sair lá de dentro, simplesmente disse:

– Oi, Joey.

– FELIZ ANIVERSÁRIO DO JOEY! – gritou o menino antes de sair correndo.

Meu pai se virou para mim e perguntou:

– É o aniversário do Joey?

Comecei a explicar a situação e, no meio, o menino nos interrompeu:

– FELIZ ANIVERSÁRIO DO JOEY!

– Eu e ele precisamos ter uma conversinha – disse meu pai de maneira trivial enquanto Joey saía correndo da sala.

Meu pai fala com todo mundo, não importa a idade, como se fosse um médico de 45 anos, portanto, eu sabia no que aquilo ia dar.

– Deixe que ele se canse, papai.

– Ele não quer que os outros pensem que é um idiota, não é? – retrucou.

– Ele nem sabe que os outros pensam. Tem apenas 3 anos.

– Um garoto de 3 anos não tem permissão para agir como um babaca.

Naquele momento, Joey mais uma vez entrou na sala a toda a velocidade e gritou:

– FELIZ ANIV...

– Não – interrompeu meu pai.

O menino parou um instante.

– Feliz aniversário do Joey... – disse ele, sem convicção alguma.

– Não, Joey, não é seu feliz aniversário. Você precisa parar de dizer para as pessoas que é seu aniversário.

Joey ficou confuso e aterrorizado, como uma stripper saindo de dentro de um bolo e descobrindo que foi acidentalmente parar em um chá de bebê.

Meu pai se ajoelhou para ficar da mesma altura de Joey e acrescentou:

– Não é seu aniversário.

O som que ouvi em seguida foi um grito estridente saindo da boca do menino. Depois, lágrimas começaram a escorrer por seu rosto e ele saiu correndo, com os braços balançando ao lado do corpo como dois espaguetes cozidos demais.

Ignorando completamente os olhares de desaprovação dos parentes que estavam por perto, meu pai se levantou e se virou para mim.

– Bem, é difícil aceitar que não é seu aniversário, mas agora ele é uma pessoa melhor – falou com satisfação.

Sobre um sangramento no meu nariz

"O que aconteceu? Levou um soco na cara?... O quê? O ar está seco? Faça-me um favor e diga às pessoas que você levou um soco na cara."

Sobre democracia

"Vamos comer peixe no jantar... Tudo bem, vamos votar. Quem quer peixe no jantar?... É, a democracia não tem muita graça quando você se ferra, não é?"

Sobre se comportar como um cavalheiro em qualquer situação

"Eu, pessoalmente, nunca procuraria uma prostituta, mas, se você pagou a uma estranha, isso não significa que você pode agir como um idiota depois de fazer o que queria."

Sobre ir morar sozinho apesar de a faculdade ficar a 20 minutos de casa

"Você quer sua independência, não é?... Toda vez que você me fala da sua independência, substituo essa palavra por *dinheiro*. Aí, fica fácil dizer não."

Sobre descobrir que experimentei maconha

"Muito legal, não é?... É mesmo? Bem, então temos opiniões diferentes. Mas não conte à sua mãe o que eu disse. Diga que gritei com você e o chamei de idiota. Na verdade, não diga nada a ela. Está vendo? Agora estou paranoico e nem fumei."

Sobre dar de bandeja um *home run* de 150 metros em meu primeiro jogo de beisebol na faculdade

"Pelo amor de Deus! Aquilo nem foi um *home run*, foi uma experiência espacial que deveria constar das revistas científicas ou algo assim."

Sobre ir ao festival de cinema estudantil no qual meu primeiro curta-metragem foi apresentado

"Gostei muito... Claro que sei qual era o seu. Era aquele com o carro... Droga, achei que aquele fosse o seu, por isso saí logo depois. Não me encha o saco, esse festival foi como fazer um exame de próstata com três horas de duração."

Sobre minha responsabilidade em fazer tarefas domésticas

"Você é um homem crescido que está na faculdade, mas ainda mora na minha casa. Isto soa muito pior para você quando eu digo em voz alta."

VOCÊ PRECISA ACREDITAR QUE VALE ALGUMA COISA

"Você é um homem, ela é uma mulher. É tudo o que importa!"

Não sou o primeiro filho dos Halperns a morar na casa dos pais com 20 e tantos anos. Na verdade, meus dois irmãos mais velhos, Dan e Evan, fizeram a mesma coisa. Evan é nove anos mais velho que eu e, assim como Dan, é fruto do primeiro casamento do meu pai. Evan é o ser humano mais gentil e respeitoso que existe. Além disso, talvez ele seja a única pessoa a ter se formado na Universidade Estadual Humboldt, no norte da Califórnia, que nunca fumou maconha. Depois da faculdade, Evan não tinha certeza do que queria fazer e passou alguns anos trabalhando em vários empregos em diferentes cidades. Porém, aos 28 anos, ele se viu morando na mesma casa que eu, meu pai e minha mãe, que o criou desde que ele tinha 7 anos e que ele considera sua mãe. Aquele não era exatamente um ponto alto da vida de Evan.

Na época, eu estava cursando a Universidade Estadual de San Diego, também morava com meus pais e trabalhava no Hooters, em Pacific Beach, uma cidade de praia ali perto. Meu melhor amigo, Dan, e eu tínhamos nos candidatado ao serviço um ano antes só de brincadeira e, imagine só, o Hooters estava procurando cozinheiros e nos contratou. Ao contrário do que um adolescente possa pensar, aquele se tornou o pior emprego que já tive. Assim que você se acostuma com a ideia de que está cercado de garçonetes atraentes e peitudas, percebe que o trabalho requer que você cozinhe pouco, limpe muito e tente satisfazer as necessidades de mulheres inseguras que vivem gritando para você preparar as batatas fritas mais rápido. Eu falava abertamente, e com frequência, com todas as pessoas que conhecia sobre o ódio que tinha daquele emprego e sempre me consolava dizendo:

– Podia ser pior. Eu podia ser o lavador de pratos do Hooters.

Então, quando Evan me perguntou se eu podia arrumar um emprego de lavador de pratos para ele no Hooters, saquei que estava numa pior. Mesmo me ouvindo reclamar o tempo todo do meu trabalho, ele ainda assim queria o emprego. E eu o arrumei.

Cinco noites por semana, ele saía do seu estágio como voluntário em um laboratório de sonoterapia e ia direto para o Hooters, onde começava a lavar pratos usando calças e camisa social. Depois, ele ia para casa dormir e fazer tudo de novo no dia seguinte.

Meu pai se preocupava porque Evan parecia perdido e infeliz, mas se preocupava ainda mais porque ele não estava conhecendo mulheres.

– Ele é um rapaz bonito. Com 20 e poucos anos, você deve transar e fazer coisas desse tipo. Ele precisa conhecer mulheres – meu pai comentou com a minha mãe uma noite após o jantar enquanto Evan estava raspando molho dos pratos no Hooters.

Em um esforço para animar a vida amorosa de Evan, meu pai decidiu se intrometer.

– Tenho uma mulher para você, grandão – disse ele uma noite quando meu irmão chegou do trabalho. (Meu pai chama Evan de "grandão" porque ele é o mais alto da família.)

– Ando bastante ocupado, pai – respondeu Evan.

Mas meu pai já havia armado um encontro para apresentá-lo a uma menina e meu irmão, ao contrário de mim, raramente discute.

– Você vai gostar dela – disse meu pai, e Evan balançou a cabeça com ar cansado.

Fiquei chocado por Evan não ter perguntado mais sobre a garota, mas isso não faz muito o gênero dele. Mais tarde, quando questionei sua reticência, ele explicou:

– Eu meio que faço o que papai manda. Se você responde, ele grita com você. Sempre imaginei que, se você continuasse sendo o filho com o qual ele grita, eu não precisaria desempenhar esse papel.

No sábado seguinte, Evan pediu para sair cedo do turno de lavador de pratos no Hooters. Eu trabalhava na parte da frente da cozinha e o vi ir embora. Ele estava todo molhado e parecia que tinha caído em cima de uma granada cheia de molho de pimenta e pasta de gorgonzola.

– Cara, você vai sair com a mulher que papai arrumou?

– Vou – respondeu ele, meio adormecido. – Estou fedendo. Eu provavelmente deveria tomar um banho – acrescentou e saiu.

Quando saí do trabalho algumas horas mais tarde, tirei meu uniforme nojento do Hooters e voltei para casa dirigindo sem camisa, tentando evitar que meu carro ficasse cheirando a galinha e lixo. Entrei no chuveiro e, quando saí, encontrei meu pai dormindo em sua poltrona na sala de estar. Então, ouvi a porta abrir e vi Evan entrar no corredor e ir na ponta dos pés até seu quarto, como se fosse um gato em um desenho animado tentando passar despercebido por um cachorro adormecido. Sem perceber que ele estava tentando ir para a cama sem falar com ninguém, gritei excitado:

– E aí, cara, como foi? Ela era gostosa?

Meu pai deu um ronco, acordou e uma expressão de medo tomou conta do rosto de Evan.

– Grandão, como foi? – perguntou meu pai, fechando o roupão.

– Foi legal, mas estou cansado – disse meu irmão, tentando ir para o quarto.

– Nada disso. Volte aqui e me conte como foi.

Embora Evan seja silencioso e tranquilo na maior parte do tempo, de vez em quando ele explode. Aquele foi um desses momentos.

– Ela é uma residente de neurocirurgia que já foi Miss Oklahoma ou algo assim! – berrou Evan enquanto seus olhos assumiam uma expressão de ira.

– Eu sei, legal, não? – perguntou meu pai, sem saber direito por que Evan estava chateado.

– NÃO! Tenho 28 anos, moro com meus pais e lavo pratos na PORRA do Hooters!

Evan raramente dizia palavrões e nunca na frente do meu pai. Não sei se meu pai ficou com raiva ou chocado, mas ele logo assumiu uma expressão séria.

– Que diabos você está querendo dizer? – perguntou.

– Estou querendo dizer que foi humilhante ficar sentado na frente de uma mulher que provavelmente está acostumada a sair com médicos, modelos e esse tipo de gente!

Depois, veio a frase que deixou meu pai furioso.

– Ela é muita areia para o meu caminhãozinho! Foi humilhante!

Meu pai olhou para o chão e murmurou para si mesmo "muita areia para meu caminhãozinho" várias vezes, como se ele fosse Indiana Jones tentando descobrir se o que um nativo esquisito tinha dito pouco antes de morrer era uma pista. Aí ele explodiu.

– Isso é uma tremenda babaquice! – gritou.

Àquela altura, saí da sala de estar e tentei me esconder no corredor para continuar escutando.

– Muita areia para o seu caminhãozinho? De que diabos você está falando? Você é um homem, ela é uma mulher! É tudo o que importa!

Depois disso, não consegui distinguir a gritaria, mas, alguns minutos mais tarde, Evan passou zunindo por mim. Olhei para a sala de estar e vi que meu pai estava chateado com o que tinha acontecido. Normalmente, depois de discussões, ele exibia um olhar furioso de convicção como o dos líderes mundiais que se dirigem a um plenário hostil das Nações Unidas. Daquela vez, ele parecia simplesmente triste. Fui para a cama para não deixá-lo agitado.

Nos dias seguintes, ninguém falou sobre o que havia acontecido. Imaginei que a discussão tivesse sido resolvida. Uma semana mais tarde, meu pai voltou do trabalho e mandou que eu e Evan entrássemos no carro porque íamos jantar no Black Angus, um restaurante especializado em carnes. Sim, tecnicamente é uma franquia, mas não vale a pena ficar muito empolgado.

– Black Angus? – murmurei um pouco decepcionado.

– Não seja babaca – respondeu meu pai.

Fomos até o restaurante, onde nos sentamos em um compartimento escuro com assentos de couro gasto e meu pai pediu três *porterhouse steaks*, seu corte de carne favorito. Eu não fazia ideia do que meu irmão estava pensando, mas fiquei me perguntando por que diabos estávamos no Black Angus já que não era feriado e não havia nenhum motivo aparente para uma comemoração. Em geral, só saímos para comer carne em ocasiões especiais.

Meu pai fez algumas brincadeiras, nos perguntou como estávamos, como havia sido nossa semana e, enquanto a garçonete servia nossos pratos, disse:

– Quero contar a vocês sobre a vez em que peguei mononucleose de uma aeromoça.

Ele mergulhou em uma história longa e complicada sobre uma aeromoça que ele conheceu, como eles "ficaram juntos" e o que veio depois.

– Eu contei a todo mundo que havia pegado mononucleose daquela aeromoça. Sabem por quê? Porque eu não conseguia acreditar que uma mulher tão atraente quanto ela tivesse ficado com um cara como eu. Por isso, fiquei me gabando da porra da mononucleose. Depois, fui para o hospital com a merda da síndrome de Guillain-Barré e foi uma desgraça, quase morri. De qualquer forma, o que quero dizer é: demorei muito tempo para perceber que tinha algum valor para as mulheres. Eu não precisava me gabar de ter pegado mononucleose.

Nós três ficamos sentados em silêncio por um instante antes de o meu pai chamar a garçonete e dizer:

– Queremos ver o cardápio de sobremesas, por favor, estou alegre.

Evan e eu nos entreolhamos sem saber exatamente se devíamos fazer algum comentário sobre a história do meu pai.

– Nossa, pai, que história legal – falei em tom de sarcasmo, tentando segurar o riso.

Evan começou a dar umas risadinhas, o que me fez ter um acesso de riso. Meu pai balançou a cabeça.

– Bem, vocês dois podem ir tomar no cu – disse ele. – Estou tentando transmitir a vocês alguma sabedoria sobre as mulheres.

Isso só fez com que nós dois ríssemos ainda mais, a ponto de Evan quase perder o fôlego e de os fregueses à nossa volta olharem com ar de solidariedade para meu pai, demonstrando pena daquele homem que tinha de aturar dois filhos tão indelicados. Mas ele também começou a rir.

– Acho que, no fundo, o que importa é que vocês dois estejam felizes, seus merdas – disse ele enquanto a garçonete voltava com o cardápio de sobremesas.

Sobre levar minha primeira namorada para Las Vegas

"Vegas? Não entendo. Vocês não têm idade suficiente para apostar. Nem para beber. A única coisa que vocês têm idade para fazer é ir para um hotel e... Ah, entendi. Boa ideia."

Sobre perceber que ele estava encolhendo por causa da velhice

"Estou com 1,79 metro de altura! Eu media 1,82. Ficar careca e com prisão de ventre parece que não é suficiente para Deus, não é? Acho que tenho que entubar mais essa."

Sobre a morte do nosso primeiro cachorro

"Ele era um bom cachorro. Seu irmão está arrasado, por isso pegue leve com ele. O último instante dele com Brownie foi bonito, antes de o veterinário jogar o bicho no lixo."

Sobre ser dispensado pela minha primeira namorada

"Entendo que você esteja chateado. Mas vocês dois têm 19 anos, não podiam pensar que só transariam um com o outro para o resto da vida. Isso é bobagem."

Sobre mulheres

"Aquela mulher era sexy... Muita areia para o seu caminhãozinho? Filho, deixe que as mulheres descubram por que não querem transar com você. Não faça isso por elas."

Sobre minha tentativa de esconder uma ressaca

"Está ficando doente? Por favor! Você está com bafo de bebida e mentira. Não minta para alguém de Kentucky sobre bebida nem sobre cavalos, filho."

Sobre comprar presentes para o aniversário dele

"Se não for bourbon nem calças de moletom, vai para o lixo... Não, não queiram ser criativos. Este é o momento do bourbon e das calças de moletom."

Sobre conseguir um emprego de cozinheiro no Hooters

"Você, meu rapaz, não é tão burro quanto eu pensava."

Sobre conhecer minha primeira namorada, que trabalhava no Hooters

"Achei que ela tivesse peitos maiores. Só estou sendo sincero. Não é nem uma crítica nem um elogio, é só algo que pensei."

CONCENTRE-SE EM VIVER, MORRER É A PARTE FÁCIL

"Quando eu morrer, morri. Que se dane, o problema não é meu. Só preferia não me borrar nas calças no caminho até lá."

Embora minha mãe seja de família católica e meu pai, apesar de não ser religioso, tenha desenvolvido um grande entendimento do judaísmo e seus costumes, eles decidiram criar a mim e meus irmãos em um lar totalmente secular. Meu pai não é fã de religiões organizadas. Ele é cientista, acredita na ciência e ponto final.

– As pessoas podem acreditar no que bem entenderem. Uma tartaruga pode ser Deus, não importa, não dou a mínima. Tenho minhas próprias crenças – disse ele quando, aos 11 anos, perguntei pela primeira vez sobre Deus enquanto tomávamos café da manhã.

Na verdade, a única vez que tive algum tipo de educação religiosa foi quando minha mãe insistiu para que eu estabelecesse contato com minhas "raízes judaicas" e me mandou para um acampamento ao norte de San Diego para crianças que queriam saber mais sobre o judaísmo. Aguentei três sessões antes que o rabino reclamasse com meus pais porque eu só ficava pedindo provas da existência de Deus.

– Bem, o que você disse a ele? – perguntou meu pai ao rabino.

– Discuti com ele a ideia da fé e como Deus...

– Ouça, não me leve a mal, mas acho que ele detesta abrir mão dos domingos para aprender essas coisas – atalhou meu pai.

Nunca mais voltei.

Mas esse breve encontro com a religião não ajudou nem um

pouco a diminuir meu medo da morte. Como muitas pessoas, sempre tive medo da morte e fiquei atormentado pela seguinte pergunta: "Afinal de contas, o que estou fazendo aqui?" E, tendo sido criado sem religião ou espiritualidade, nunca recebi nenhuma resposta – não tinha nada para me consolar quando a ansiedade tomava conta de mim. De vez em quando, ouvia que alguém famoso ou um amigo da família havia morrido, então começava a pensar sobre a morte e não fazia ideia do que aconteceria comigo, para onde eu iria ou até mesmo se estaria consciente do que estava ocorrendo. À medida que me aprofundava nesses pensamentos, meus batimentos cardíacos aceleravam, eu ficava pálido e acabava tendo de me deitar.

Durante um treino de beisebol na faculdade, ouvi que um garoto que havia estudado comigo no ensino médio tinha morrido em um acidente de carro. Como de costume, fiquei tão aturdido que tive de me deitar. Quando meus colegas de equipe e meus treinadores perguntaram *por que* eu estava estirado no campo, dei uma desculpa que achei que ninguém fosse questionar: "Acho que estou com diarreia."

Naquele momento percebi que, embora meu medo paralisante da morte provavelmente não fosse me matar, era algo que eu deveria aprender a controlar de maneira adulta o mais rápido possível. Decidi conversar com meu pai a respeito, já que ele era a pessoa mais imperturbável que eu conhecia em relação àquele assunto.

"Quando eu morrer, morri. Que se dane, o problema não é meu. Só preferia não me borrar nas calças no caminho até lá" é uma frase que o ouvi dizer várias vezes. Eu queria ter essa mesma postura. Ou, pelo menos, queria entender como ele conseguia ser tão altivo a esse respeito.

* * *

Então, uma manhã durante o período em que eu cursava a faculdade, sentei-me ao seu lado à mesa da cozinha enquanto ele comia sua tigela de cereal e lia o jornal. Depois de me servir, fiquei ouvindo nós dois mastigando as duas porções diárias recomendadas de trigo e cevada integral até que finalmente disse:

– Pai, tenho uma pergunta.

Ele olhou para mim por cima do jornal.

– O que foi? – quis saber.

Dei muitas voltas para abordar o assunto, filosofando sobre religião e as possibilidades do céu e do inferno, até que ele me interrompeu:

– Existe alguma pergunta no horizonte?

– O que você acha que acontece depois da morte?

Ele abaixou o jornal e pôs uma boa colherada de cereal na boca.

– Bem, acho que não há nada por toda a eternidade – respondeu casualmente, pegando de volta o jornal e recomeçando a ler.

– Como assim, "nada"? – insisti, sentindo meu coração disparar.

Ele largou o jornal mais uma vez.

– Nada, coisa nenhuma. Algo que você nem consegue descrever porque não é nada. Se você se sentir melhor, tente imaginar a escuridão infinita, sem som algum, nada. Que tal?

Meus batimentos cardíacos aumentaram ainda mais e comecei a ficar tonto. Eu não entendia como era possível acreditar naquilo e ficar numa boa. Além disso, o conceito que ele tinha da morte só acrescentou a noção de infinito aos meus temores. Sempre fui obcecado pelo monitoramento do tempo. Uma noite na faculdade, quando fumei maconha, meus colegas de quarto me encontraram sentado ao lado do micro-ondas regulando o cronômetro repetidamente para intervalos de 15 segundos para saber quantos minutos estavam se passando. E, naquele momento, além de ouvir que não havia vida após a morte, eu tinha de me confrontar com a ideia de que todos nós enfrentaríamos o nada por um período indeterminado.

– Como você sabe isso? Você não sabe, é apenas sua opinião – falei.

– Não. Não é minha opinião. É o que acontece. Fato – respondeu, suspendendo novamente o jornal e retomando a leitura.

Eu sentia que estava prestes a desmaiar, então me afastei cambaleando da mesa em direção ao quarto dos meus pais, onde minha mãe estava sentada na cama. Ela notou imediatamente que havia algo de errado comigo.

– Justy, você parece péssimo! O que aconteceu? – perguntou, batendo na cama, convidando-me para sentar ao seu lado.

Contei o que meu pai tinha falado e ela tentou me acalmar dizendo que, obviamente, ele não fazia a menor ideia do que acontecia após a morte.

– Ele nunca morreu, e é só assim que você pode descobrir, certo? – murmurou em tom tranquilizador.

– É, acho que você tem razão – respondi, sem muita convicção.

Meu pai entrou no quarto naquele momento. Minha mãe o encarou com uma expressão séria e disse:

– Sam, diga ao Justin que você não tem a menor ideia do que acontece depois da morte. Ele sabe disso, mas admita.

– Não vou fazer isso. Sei exatamente o que acontece e é o que eu disse a ele – afirmou meu pai e saiu do quarto.

Dormi muito pouco naquela noite. Fiquei tentando conceber a ideia do nada infinito. A última vez que tive tanta dificuldade para dormir foi quando, aos 15 anos, fiquei acordado metade da noite dissecando *De volta para o futuro II* e imaginando todos os bairros paralelos de Hill Valley que existiriam se Michael J. Fox voltasse no tempo e mudasse o futuro. Na época, uma mistura de empolgação e confusão me manteve acordado. Agora, ao pensar sobre a morte, eu estava simplesmente aterrorizado.

Depois de me contorcer durante a maior parte da noite, finalmente desisti de dormir e me arrastei para fora da cama às 5h30. Saí do meu quarto e encontrei meu pai mais uma vez à mesa da cozinha, comendo cereal. Ele pediu que eu me sentasse e foi o que fiz.

– Sabe qual é a parte boa do infinito? – perguntou ele.

– Não.

– Ele nunca acaba. Você, seu corpo, a energia dentro dele, tudo vai para algum lugar, mesmo depois da morte. Você nunca vai embora.

Obviamente, minha mãe tinha tido uma conversinha com ele.

– Então, você está dizendo que vivemos para sempre? Como os fantasmas e coisas desse tipo? – implorei.

– Não! Jesus! Você precisa fazer um curso de ciências ou algo do gênero. O que estou tentando dizer é que somos constituídos de matéria que sempre esteve e sempre estará por aí. Então, você só deve se preocupar com o momento presente, no qual você tem um corpo, uma cabeça e toda essa porcariada. Preocupe-se em viver, morrer é a parte fácil.

Depois, ele largou a colher, olhou para mim e se levantou.

– Agora, se você me der licença, vou fazer uma das melhores coisas da vida: cagar.

Sobre receber uma ligação de telemarketing

"Alô... Vá se foder."

Sobre meu interesse em fumar charuto

"Você não é o tipo de cara que fuma charuto... Bem, o primeiro motivo que me salta aos olhos é que você o segura como se estivesse masturbando um rato."

Sobre a ideia de fazer uma tatuagem

"Você pode fazer o que bem entender. Mas eu também posso fazer o que bem entender. E o que vou fazer é falar para todo mundo como a sua tatuagem é idiota."

Sobre tomar conta da casa

"Ligue para mim se algo estiver pegando fogo. E não transe na minha cama."

Sobre a série de TV *Arquivo X*

"Quer dizer que a mulher e o sujeito com cara de lesado transam e depois procuram alienígenas? Ou eles simplesmente transam e, vez por outra, uns alienígenas seguem eles?"

Sobre decidir usar pela primeira vez o desconto para a terceira idade

"Merda, estou velho. Quero coisas grátis."

Sobre votar em George W. Bush ou Al Gore

"Gore parece um idiota pomposo, mas toda vez que vejo Bush acho que ele provavelmente cagou nas calças no ano passado e isso é algo que o preocupa."

Sobre minha viagem à Europa

"Sei que você acha que vai transar de várias maneiras. A Europa não é um lugar mágico, é a mesma coisa que aqui. Não seja idiota."

Sobre figurinhas de beisebol

"Se você as vende quando tem mais de 20 anos, isso significa que você nunca transa ou que tem um problema com drogas."

NÃO ACREDITE EM TUDO O QUE AS AUTORIDADES DIZEM

"O que estou dizendo é o seguinte: talvez você tenha resolvido o problema dos lobos, mas todo mundo na cidade vai achar que você é um maluco que comprou minas terrestres para se ver livre de lobos."

Quando eu tinha cerca de 9 anos, comecei a desenvolver uma sensação estranha e incômoda nas juntas. Parecia que havia uma pessoa pequenina fazendo cócegas lá dentro. Eu não sentia dor, mas ficava incomodado na maior parte do tempo e a sensação tinha um efeito colateral constrangedor: espasmos musculares frequentes. Minha mãe me levou ao médico, mas ele não viu nada de errado em mim.

– Ele está crescendo rápido e isso tem suas consequências. É natural. Vai passar – disse ele.

Meu irmão Dan deu outro diagnóstico:

– Talvez seja porque você é gay – sugeriu uma noite depois de eu ter reclamado com meu pai pela enésima vez durante o jantar.

– Calado – grunhiu ele para meu irmão. – Está doendo? – perguntou.

– Não. É apenas... sei lá, estranho.

– Obrigado por essa descrição detalhada, Ernest Hemingway dos pobres. Se você não está sentindo dor, qual é o problema?

– Não sei, sou obrigado a me alongar e coisas assim – respondi.

– Ele se contorce o tempo todo – intrometeu-se meu irmão.

– Sua boca também se contorce o tempo todo – rebateu meu pai e se virou para mim. – Tudo bem, se começar a doer, fale comigo.

A partir daquele momento, todo mundo na minha família passou a se referir ao incômodo nas minhas juntas como Tremeliques, o que parece algum tipo de doença do século XVIII, mas o apelido era fácil e acabou pegando.

Quando eu estava na fase de crescimento, meu pai escolhia pessoalmente meus médicos. Em geral, eram especialistas com os quais tinha um relacionamento profissional. A única vez que demonstrei contrariedade por não poder dar nenhum palpite na escolha do meu médico, ele me deu um passa-fora:

– Sinto muito, você fez faculdade de Medicina? Passou os últimos 25 anos da sua vida trabalhando no ramo médico? Não, você não fez merda nenhuma. Pode deixar que eu escolho seu médico e faça-me o favor de ficar calado.

Mas meu médico se mudou quando eu tinha 21 anos e, ao receber do plano de saúde uma lista de profissionais conveniados, meu pai percebeu que não conhecia nenhum deles. Então, ele me deixou analisar a lista e escolher um médico.

– Tudo bem, isto vai soar parcial, mas escolha alguém com um sobrenome judeu – instruiu.

– Isso é racismo, pai.

– Racismo? Dá um tempo! Não é racismo, conheço um monte de médicos judeus e eles são bons. E lembre-se de que eu sou um médico judeu e... quer saber? Que se dane, escolha quem você quiser – disse, saindo da sala de estar.

Então, escolhi um médico do hospital do meu pai e, alguns meses mais tarde, fui fazer uma consulta de rotina. O médico era jovem, baixo e tinha cabelos escuros. Era uma espécie de Tom Cruise judeu... com a língua presa. Fizemos todos os exames: inspirar e expirar, virar a cabeça e tossir, teste de reflexo no joelho, etc.

– Tudo certo, você está saudável – disse enquanto terminava a consulta. – Mais alguma coisa?

Pensei um pouco e estava prestes a dizer "não", mas aí me lembrei dos Tremeliques e achei que era melhor mencioná-los.

Descrevi os sintomas e ele passou os minutos seguintes fazendo perguntas e realizando mais alguns testes físicos, movimentando minhas pernas para a frente e para trás e apertando minhas juntas. Ele me pediu para esperar e me deixou sozinho no consultório por alguns instantes.

– Ouça, existe um remédio chamado Zoloft – disse ao voltar com um receituário na mão. Começou a descrever o Zoloft e sua história e me disse que achava que aquele medicamento poderia me ajudar. – Não sei se vai funcionar, mas talvez dê certo. Talvez você consiga se livrar totalmente do seu problema nas juntas. Acho que deveríamos tentar – acrescentou.

Eu disse que estava de acordo e ele preencheu uma receita que eu levei direto à farmácia.

Aquela noite, eu e meu pai jantamos sozinhos, já que minha mãe ficou trabalhando até mais tarde. Quando ele me perguntou como tinha sido a consulta, contei que o médico havia declarado que eu estava em boa forma.

– Ah, e ele também me receitou um troço para os Tremeliques – acrescentei.

– Que tipo de *troço*? – perguntou, franzindo as sobrancelhas até formar uma montanha íngreme de pelos.

– Bem, o médico disse que não sabia ao certo o que estava causando meus espasmos, então, você sabe...

– Não, não sei. Me explique – falou com os dentes cerrados.

Contei que ele tinha prescrito um medicamento chamado Zoloft.

– Traga-me esses comprimidos agora mesmo! – gritou, estendendo a mão como se eu fosse fazer o remédio aparecer num passe de mágica.

– Por quê? O que foi? O que deu em você?

– Você não sabe para o que serve essa merda. Trata-se de um antidepressivo. É para pessoas deprimidas. Você está deprimido?

Eu disse que achava que não, mas que estava cansado dos Tremeliques. Aquilo não me deixava dormir à noite e eu sempre parecia ridículo quando tentava explicar às pessoas por que partes do meu corpo tinham espasmos repentinos.

Meu pai respirou fundo.

– Você está com cara de quem está com dor de barriga. Acalme-se um pouco – falou, sentando-se na cadeira. – Escute, imagine que você é dono de uma fazenda. Nessa fazenda, você tem um bando de ovelhas. Toda noite lobos matam suas ovelhas. É um problema que você quer solucionar. Bem, você pode colocar um monte de minas terrestres em volta da fazenda. Assim, quando um dos lobos se aproximar, vai pisar em uma delas e explodir em mil pedaços. Aí você pensa: "Problema resolvido", certo?

Ele me encarou por alguns segundos até eu perceber que deveria responder àquela pergunta.

– Não faço a menor ideia do que você está dizendo – falei.

– Pelo amor de Deus, você é muito tapado. O que estou dizendo é o seguinte: talvez você tenha resolvido o problema dos lobos, mas todo mundo na cidade vai achar que você é um maluco que comprou minas terrestres para se ver livre de lobos. É assim que eles vão te tratar. Na verdade, essa será a primeira coisa que associarão a você. E não apenas isso, também vão pensar que a única maneira que você conhece para se livrar de lobos é explodi-los. Entende o que estou querendo dizer?

Ele recostou na cadeira e ficamos nos olhando em silêncio por um instante.

– Pai, vou tomar o remédio.

– Não vai tomar porra nenhuma!

Ele se levantou rapidamente da cadeira e entrou como um furacão no meu quarto. Eu o ouvi andando para cima e para baixo furioso, abrindo e fechando gavetas, revistando minha mochila. Quando voltou à sala de jantar, estava com meu frasco de Zoloft na mão. Foi direto até a pia, despejou no ralo 20 dólares em comprimidos e ligou o triturador de lixo só por garantia.

– Você vai me agradecer mais tarde – profetizou enquanto voltava para a mesa.

– O que vou dizer ao médico? – perguntei.

– Não me interessa. Volte ao seu médico e diga para ele se foder.

Algumas semanas depois, meu pai chegou do trabalho cedo e esticou a cabeça para dentro do meu quarto, onde eu estava fazendo meus deveres.

– Prepare um lanche para levar com você. Vamos até o hospital – disse ele.

– Por quê? Por favor, não atormente meu médico.

– Dá um tempo! Não sou um maníaco.

Ele pegou o carro e fomos até o UCSD Medical Center. Entramos na sala de espera e meu pai foi até a recepção e nos registrou. Dois minutos mais tarde, a enfermeira chamou meu nome e nos levou até uma sala na qual um médico mais velho e grisalho estava esperando.

– Sam, prazer em revê-lo – disse o médico, apertando a mão do meu pai.

Eles conversaram por alguns minutos, fazendo piadas de médico incompreensíveis que terminavam com frases do tipo "E, no final, descobriram que nem era um infarto do miocárdio!", seguidas de gargalhadas histéricas. Fiquei sentado impassível na maca e tentei minimizar o ruído causado pelo deslocamento da fina folha de papel que a cobria enquanto esperava que minha presença fosse notada.

– Em que posso ajudá-lo, Sam? – perguntou o médico.

– O garoto sente um certo incômodo nas juntas. Achei que talvez você pudesse ajudá-lo porque é uma coisa muito chata. Conte para ele, filho.

– Bem, parece que estão fazendo cócegas dentro de mim...

– Use termos técnicos, ele é um médico – resmungou meu pai.

O médico grisalho fez os mesmos testes que o outro havia feito e depois se virou para meu pai, como se eu não estivesse no consultório, e disse:

– Acho que o culpado aqui foi o crescimento rápido do seu filho, o que forçou muito as juntas. Agora, ele está sentindo os efeitos.

– Então, está dizendo que ele teve um crescimento anormal?

– Mais ou menos.

Finalmente havia conseguido uma resposta.

Saímos do consultório e, enquanto caminhávamos pelo corredor do hospital, meu pai se virou para mim e sussurrou:

– Que merda! Eu poderia ter dito isso a você. Malditos médicos, não?

Sobre a técnica certa para cultivar um jardim

"O negócio é regar as plantas, Justin. Basta pegar uma mangueira e segurá-la em cima da planta. Você nem paga aluguel, então trate de fazer isso, porra!"

Sobre sair da casa dos meus pais pela primeira vez

"Eu poderia dizer que vou sentir sua falta, mas você vai morar a 10 minutos de distância. Então, em vez disso, vou dizer simplesmente para não aparecer aqui para lavar a roupa."

Sobre decorar uma casa

"Escolha seus móveis como se estivesse escolhendo uma esposa. Eles precisam ser confortáveis e bonitos. Mas não tão bonitos a ponto de deixar as pessoas com vontade de roubá-los."

Sobre aparecer sem avisar no meu novo apartamento e ver meu quarto pela primeira vez

"Por que tem uma pintura de duas pessoas transando na sua parede?... Filho, quero ser o primeiro a dizer que você não é Andy Kaufman. Quando você ficar famoso, talvez bobagens desse tipo se tornem engraçadas, mas, por enquanto, a única coisa que isso me diz é que você nunca transa. Jamais."

Sobre minha vontade de dar queixa à polícia quando cortaram os pneus do meu carro

"Ah, não procura a merda da polícia. Eles estão ocupados com problemas de verdade. Não quero que o dinheiro dos meus impostos seja gasto para descobrir quem o considera um babaca."

Sobre viver com um orçamento apertado

"Por que você está analisando suas despesas mensais?... Não, vou encurtar esse processo para você: sua renda é uma titica, não gaste dinheiro nenhum."

Sobre a reação de um amigo menor de idade multado por posse de bebida alcoólica

"Ele chorou? Nunca deixe isso acontecer com você... Não, tente não ser multado, é claro, mas, se isso acontecer, não chore como um bebê."

Sobre conseguir um estágio na produtora de Quentin Tarantino

"Aquele filho da mãe é feio pra cacete... Ah, sim, parabéns. Se você o encontrar, tente não olhar para a cara dele caso tenha comido alguma coisa."

Sobre meu interesse em pular de paraquedas

"Eu sei que você não vai fazer isso... Filho, eu limpava sua bunda, você não sabe quanto eu te conheço... Tudo bem, sua mãe limpava sua bunda, mas eu geralmente estava por perto."

Sobre a lesão no braço que encerrou minha carreira no beisebol

"Sinto muito, filho. Se você ficar irritado e precisar dar vazão à sua raiva, fale comigo. Vamos esmagar umas bolas de golfe ou algo assim... Ah, é claro, o braço. Bem, existem outras maneiras de dar vazão à raiva que não envolvem esforço físico."

Sobre os sabores das batatas Pringles

"Não vou comer algo chamado de 'pizzalicioso'. Isso nem é um adjetivo. Você não pode acrescentar 'licioso' a substantivos. Isso é uma idiotice."

VOCÊ NUNCA PARA DE SE PREOCUPAR COM OS FILHOS

"Eles arrancam suas tripas como se você fosse um porco, mijam no seu cadáver e depois dizem: 'Bem-vindo ao México!'"

No meu primeiro ano da faculdade, eu já havia me mudado da casa dos meus pais para uma outra de três quartos em Pacific Beach, San Diego, que dividia com meu melhor amigo, Dan, e uma amiga em comum. Embora ficasse a apenas 10 minutos da casa da minha família, para meu pai era como se eu estivesse morando na Suécia. Ele não queria nem saber de me visitar.

– Não quero saber o que se passa naquela casa – disse ele quando eu finalmente perguntei se queria ir lá dar uma olhada.

– Pai, não tem nada de errado acontecendo lá.

– Não, você não está me entendendo. Não me *importa* o que está acontecendo naquela casa. Isso se chama *apatia*. Procure no dicionário.

Eu morava sozinho, mas ainda ia à casa dos meus pais uma vez por semana para lavar minha roupa, assaltar a geladeira e tirar proveito de tudo o que fosse possível enquanto estava por lá.

– Você simplesmente chega e pega o que quer, quando quer. É como se você fosse a maldita SS e eu estivesse na porra da Alemanha nazista – resmungou meu pai uma tarde ao entrar em casa, depois de regar suas rosas no quintal e me encontrar comendo um *bagel* com queijo que ele havia preparado para si mesmo momentos antes.

Embora ele não admitisse, eu sempre soube que meu pai ficava feliz em me ver quando ia visitá-lo. Geralmente, eu aparecia à noite, quando ele já tinha voltado do trabalho, e conversávamos sobre o que estava acontecendo em nossas vidas. Era a primeira vez que eu sentia que tinha um relacionamento adulto com meu pai. Estávamos ficando mais próximos e nos tornando amigos. Percebi que havíamos realmente eliminado algumas barreiras quando, em uma noite no final de junho, ele me pediu para ajudá-lo em um projeto para o jardim naquela sexta-feira.

– Na sexta, apareça às quatro da tarde. Não se atrase, não quero trabalhar quando ficar escuro. Depois, levo você para jantar – ofereceu.

Desde a compra da casa em 1972, o jardim do meu pai foi ocupando quase todo o espaço vazio em nossos quintais, na frente e nos fundos, e ele plantou não apenas flores, mas tomate, alface e até milho. Ele amava o jardim e passava a maior parte do seu tempo livre cuidando das plantas de forma meticulosa. E também não deixava que qualquer um o tocasse. Naquela sexta-feira, ele ia colocar grades para o plantio de tomate, um trabalho difícil para uma pessoa sozinha. De qualquer forma, ele normalmente executava as tarefas difíceis por conta própria. Uma vez, muitos anos antes, tentei ajudá-lo em um projeto semelhante e, enquanto estava dobrando o arame para formar um cilindro, minha mão escorregou e acidentalmente soltou o fio de metal, que ricocheteou e atingiu a perna do meu pai.

– PUTA QUE PARIU! – gritou de dor, antes de se virar para mim e acrescentar: – FORA! SAIA!

Então, quando ele me pediu para ajudá-lo no jardim na sexta-feira, aquilo teve um grande significado para mim. Ele não precisava da minha ajuda, ele a *queria*.

Na noite de quinta-feira, eu estava estudando com uma garota da minha turma de Comunicação chamada Stacy. Estávamos fazendo um curso de verão porque nós dois havíamos trancado uma disciplina durante o ano letivo. Eu já tinha feito algumas matérias com Stacy e estava apaixonado por ela. No entanto, nunca a havia chamado para sair nem mesmo dera indícios dos meus sentimentos, principalmente porque ela tinha um namorado. Mas, mesmo que ela estivesse sozinha, duvido que eu tivesse reunido coragem para dar algum passo. Ela era loura e tinha peitos grandes que eu havia visualizado mentalmente inúmeras vezes durante várias fantasias diferentes que construía ao me masturbar. Enquanto estudávamos sentados em um *futon* no quarto dela, Stacy se virou para mim e disse:

– Preciso te contar uma coisa. Peter e eu terminamos.

Era exatamente assim que 96% das minhas fantasias masturbatórias com ela começavam.

– Não consigo estudar. Não consigo me concentrar. Quero fazer algo divertido. Você quer fazer algo divertido? – perguntou ela.

– Claro – respondi, tentando parecer tranquilo.

– Vou com algumas amigas a Rosarito esta noite para festejar o 4 de Julho. Reservamos um quarto de hotel. Quer ir com a gente?

Mesmo que ela tivesse dito "Eu e algumas amigas vamos enfiar coquetéis molotov no rabo, acendê-los e fazê-los explodir na delegacia. Quer ir com a gente?", eu responderia que sim.

Eu disse que precisava de 15 minutos para juntar minhas coisas e saí da casa dela andando com a maior tranquilidade possível. Depois, fui correndo no escuro até meu carro, onde, com gotas de suor se formando nas têmporas, pisei fundo no acelerador. Infelizmente, a velocidade máxima que meu Oldsmobile Brougham 1986 conseguia alcançar era cerca de 90 quilômetros por hora, portanto demorei mais que o esperado para chegar em casa. Joguei algumas camisas, uma sunga e todos os preservativos que consegui encontrar (cerca de 30) na minha mochila.

Voltei à casa de Stacy e encontrei suas três melhores amigas, que haviam chegado durante minha ausência. Pegamos o Chevy Blazer de uma delas e partimos em direção ao México.

Rosarito, uma pequena cidade de praia perto de Tijuana, lembra muito as arquibancadas do Fenway Park durante um jogo dos Yankees contra os Red Sox: é lotada, suja e cheia de milhares de americanos bêbados e arruaceiros jogando lixo no chão. Porém, de alguma maneira, a cidade ainda tem um certo charme. Os maiores atrativos de Rosarito eram poder comprar bebidas alcoólicas com 18 anos e tudo ser muito barato. Nós cinco descemos a Pacific Coast Highway bebendo Tecates e conversando animadamente sobre como íamos encher a cara assim que chegássemos ao México.

– Vou ficar muito bêbada – disse a amiga de Stacy sentada no banco do carona. – Justin, você vai encher a cara ou vai dar uma de bichinha? – perguntou, virando-se para mim.

Eu não sabia como ela havia decidido que aquelas eram as duas únicas opções do fim de semana, mas logo vi qual era a resposta que ela queria ouvir.

– Vou entornar todas! – gritei, tentando me equiparar à sua animação.

E parece que consegui, pois todo mundo festejou e depois Stacy pôs a mão no meio das minhas pernas. Não foi um lance nada sexy, e até doeu um pouco, mas qualquer interação entre aquela parte do meu corpo e as mãos de Stacy era bem-vinda.

Cerca de duas horas mais tarde, chegamos ao hotel em Rosarito e fomos para o nosso esquálido quarto, que tinha apenas uma cama, um banheiro e três pinturas diferentes de uma mexicana peituda sendo carregada por um conquistador espanhol. Começamos imediatamente a tomar goles de tequila direto do gargalo da garrafa que compramos na loja de souvenirs do hotel. Entrei no banheiro e pus uma camisinha na meia e outra no boné de beisebol, caso eu e Stacy não conseguíssemos voltar para o quarto do hotel. Molhei o rosto, ajeitei o cabelo e escovei os dentes.

Quando saí do banheiro, as três amigas estavam em volta de Stacy, que chorava freneticamente, encolhida no chão.

– Estou com saudade do Peter! Não acredito que terminamos! – soluçava enquanto as amigas tentavam acalmá-la.

Em seguida, ela se levantou, passou correndo por mim, entrou no banheiro e vomitou na privada. Nos dois dias seguintes, Stacy ficou sentada no quarto do hotel com as amigas, chorando e relembrando cada detalhe do rompimento. Fui sozinho a um bar umas duas vezes, fiquei por lá cerca de uma hora, não conversei com ninguém e voltei para o quarto, que ainda fedia a vômito.

Na tarde de sábado, pegamos o carro e subimos em silêncio a costa até a fronteira Estados Unidos-México. Stacy ficou sentada ao meu lado o tempo todo, dormindo. Quando cruzamos a fronteira, religuei meu celular, já que não havia conseguido sinal no México. O aparelho começou a apitar para indicar que eu tinha novas mensagens. Ao digitar o código de acesso da minha secretária eletrônica, me lembrei de que havia ficado de ajudar meu pai no jardim.

"Você tem quatro novas mensagens", declarou a voz robótica. Estava esperando que ela acrescentasse: "Você se fodeu."

Ouvi a primeira mensagem: "Filho, é o pai. Preciso que você compre algo na Home Depot antes de vir para cá. Ligue para mim."

"Próxima mensagem", a secretária eletrônica me alertou enquanto eu começava a ficar enjoado: "Filho, onde diabos você se meteu? Falei para chegar às quatro, certo? São quatro e dez. Ligue para mim."

A mensagem seguinte continha apenas um momento de silêncio e o som de alguém desligando. Fiquei um pouco aliviado. Talvez ele tivesse deixado aquilo para lá.

"Próxima mensagem, recebida hoje às três e meia", disse o robô: "QUE DIABOS ESTÁ ACONTECENDO? Passei na sua casa e seu colega me disse que você está no México? Você está na porra do México?! LIGUE PARA MIM!"

Comecei a suar e não conseguia mais ficar com as pernas paradas, o que não era lá muito bom, já que estávamos prestes a passar pela inspeção da fronteira. O oficial nos mandou seguir direto, embora eu tenha quase certeza de que minha expressão era a de alguém que estava sentado em cima de 100 quilos de cocaína ou escondendo meia dúzia de imigrantes ilegais no porta-malas.

Depois que cruzamos a fronteira, a amiga de Stacy foi para o acostamento na primeira saída.

– Estou morrendo de vontade de comer algo – disse ela.

– Não, preciso ir imediatamente para casa – disparei, fazendo minha voz atingir um tom que espero que nenhuma mulher volte a ouvir saindo da minha boca.

– Nossa, calminha! Só vamos comprar uns sanduíches. Credo!

Na minha cabeça, fiquei imaginando pular para o banco dianteiro, jogá-la aos pontapés para fora do carro, bater a porta e pisar fundo no acelerador. Em vez disso, fiquei sentado na lanchonete enquanto as quatro garotas saboreavam seus hambúrgueres. Liguei para Dan para avaliar a situação.

– Seu pai parecia furioso. Eu disse que você estava no México – relatou Dan.

– Você disse que eu estava no México? Por que você disse isso a ele? – gritei.

– Porque você estava no México.

Desliguei o telefone. Logo depois, Stacy e as amigas voltaram lentamente para o carro. Continuamos a subir o litoral e, quando chegamos a San Diego, fomos para o apartamento de Stacy, onde meu carro estava estacionado. Tirei minha bolsa do porta-malas do Blazer e saí andando depressa até o carro.

– Ei, tchauzinho... – disse Stacy em tom sarcástico.

– É, tchau. Desculpe – respondi e entrei no carro batendo a porta.

Peguei o caminho da casa dos meus pais tentando imaginar que mentira podia contar para amenizar a situação. Cheguei à conclusão de que, para aquele caso, não havia atenuante, já que os elementos voláteis eram muitos. Dei um bolo no meu pai, desapareci, fiquei incomunicável e – a última gota – fui para o México. Meus pais tinham um medo irracional do México e achavam que, uma vez cruzada a fronteira, traficantes faziam você engolir um balão de heroína e, em uma hora, você estava numa banheira cheia de gelo enquanto eles arrancavam seus rins.

Enquanto estacionava na frente da casa, vi o carro do meu pai na entrada da garagem. Fui até a porta da frente e a abri. Vi meu pai sentado na sala de estar, olhando direto para mim, como se tivesse ficado dois dias naquela posição.

– ONDE DIABOS VOCÊ SE METEU? – berrou enquanto se levantava e avançava na minha direção como uma pantera obesa.

– Espera um pouco, escuta... – falei.

Depois, comecei a inventar uma mentira elaborada e totalmente sem sentido sobre um projeto da faculdade e um aniversário, até que ele me interrompeu.

– México!! Você foi para a porra do México? Eles arrancam suas tripas como se você fosse um porco, mijam no seu cadáver e depois dizem: "Bem-vindo ao México!" – gritou. – Quando disser que vai aparecer em algum lugar, trate de aparecer! – acrescentou.

– Eu sei, eu sei! – disse aos berros, tentando me defender.

– Você não sabe nada! Não sabe merda nenhuma! Está todo mundo morto de preocupação por sua causa. Deixei sua mãe e todas as outras pessoas loucas. Liguei para a polícia atrás de você!

– Você ligou para a polícia? – perguntei.

– É, liguei para a polícia!

– Então, não deveria ligar para eles e dizer que me encontrou?

Meu pai parou por uma fração de segundo.

– Eles vão chegar sozinhos a essa conclusão – respondeu com um tom de voz diferente.

Olhei para ele. Meu pai raramente mentia para mim e, quando mentia, era óbvio.

– Você não ligou para a polícia, não foi? – perguntei com uma certa desconfiança.

– Liguei para alguém – retrucou.

– Esse alguém era a polícia?

O silêncio tomou conta da sala.

– Não – disse, com um certo constrangimento. – Mas vá se foder! Eu poderia ter ligado para a polícia! Deveria ter ligado para eles, mas calculei que você estava simplesmente se comportando como um imbecil e que eu os faria perder tempo!

Percebi que, de certo modo, eu o havia desarmado e deveria minimizar as perdas e tentar resolver tudo. Então pedi mil desculpas, expliquei que me enrolei, me esqueci completamente do nosso compromisso e reafirmei todos os motivos que faziam de mim um idiota.

– Tudo bem, entendi, não precisa ficar repetindo por que você é um babaca – falou, interrompendo minha lista de insultos a mim mesmo.

Meu pai fez sinal para que eu me aproximasse. Avancei com cuidado. Depois, ele me segurou e me abraçou com força.

– Seu merda – disse. – Mal posso esperar para que você tenha um filho e se preocupe com ele. Você nunca para de se preocupar com os filhos. É um inferno. Trate de ver bem onde você enfia seu pau porque esta é a sua vida, esta droga aqui.

Ele me soltou e pegou uma sacola de plástico cheia de salgadinhos.

– Pegue o ketchup. Estamos atrasados para um churrasco na casa do seu tio.

– Na verdade, eu ia encontrar o Dan na praia – disse sem muita convicção, esperando que ele respeitasse meus planos para o 4 de Julho.

– Cale a boca e pegue a sacola. Você tem muita coragem!

Sobre conseguir o melhor negócio

"Você precisava ter visto sua mãe acabar com a raça do gerente da RadioShack. Foi a última vez que a RadioShack tentou passar sua mãe para trás."

Sobre maneiras nada tradicionais de se divertir

"A gente tem que admitir que é divertido ficar sentado bebendo cerveja e vendo seu cachorro tentar transar com um saco de boxe."

Sobre o escândalo dos esteroides no beisebol

"As pessoas estão surpresas porque Mark McGwire usou esteroides? Olhe para ele! Ele deveria ficar à mostra no estábulo de uma feira, enquanto algum desgraçado limpa seu cocô."

Sobre a decisão de me tornar roteirista de Hollywood

"É como estar em um carrossel, só que seu cavalo está te enrabando."

Sobre West Hollywood, onde morei no meu primeiro ano em Los Angeles

"Parece que tem muitos gays por aqui... Ah, por favor, não quis insinuar nada disso. Acredite em mim, de qualquer maneira, nenhum deles transaria com você. Eles são gays, não cegos."

Sobre se sentir sozinho e ter dificuldade de fazer amigos

"Já tentou sair, conversar com as pessoas, se esforçar?... Porra nenhuma. Conversar com alguém enquanto trocam o óleo do seu carro não é se esforçar."

Sobre a internet

"Não quero... Entendo para que serve... Entendo, sim. E não me interessa se seus amigos têm. Todos os seus amigos também têm cortes de cabelo de idiotas, mas você não me vê correndo para o barbeiro por causa disso."

Sobre se gabar

"Eu baixaria um pouco a bola se fosse você... Bem, para início de conversa, a única pessoa que ficou impressionada foi a garotinha sentada atrás de você e, em segundo lugar, ninguém dá medalhas de honra ao mérito para quem come duas porções de café da manhã do Denny's de uma só vez."

Sobre vizinhos barulhentos

"Você já disse que está incomodado?... Eles são maiores que você?... Você está com medo de levar porrada?... Ah, tudo bem, eu deveria ter feito essa pergunta primeiro, teria poupado tempo. É, você vai ter que aguentar o barulho, filho."

NO FINAL DAS CONTAS, VOCÊ PELO MENOS TEM UMA FAMÍLIA

"Está vendo? Sua mãe acha você bonito.
Este deveria ser um dia empolgante para você."

Alguns meses depois de me formar na faculdade, finalmente deixei minha San Diego natal e me mudei para Los Angeles. Eu havia estudado Cinema e Televisão, com ênfase especial em redação, e decidi que queria ser roteirista.

– Escute, vai ser difícil e você vai ter de engolir muitos sapos no início, mas, assim que superar essa fase, será um sucesso – foi o conselho que meu pai deu ao meu irmão Evan em setembro, no jantar em que nós dois anunciamos nossos novos objetivos profissionais. Evan tinha decidido embarcar na carreira de mergulhador.

Vinte segundos depois, quando revelei meu plano, ele também me deu um conselho:

– Prepare-se para levar uma trolha de dimensões bíblicas.

No entanto, meu pai acreditava em mim e apoiou totalmente minha decisão. Na verdade, me apoiou tanto que, sem que eu pedisse, se ofereceu para pagar meus três primeiros meses de aluguel em L.A. para me ajudar.

– Andei pensando: "De que adianta eu morrer e deixar dinheiro quando você provavelmente não estará precisando?" É melhor lhe dar dinheiro agora, enquanto precisa de ajuda. Além disso, planejo torrar a maior parte dessa grana em coisas estúpidas quando ficar senil – explicou.

Descobri um apartamento de dois quartos em um prédio

pequeno, com 10 apartamentos, em West Hollywood. Eu o dividia com uma amiga da faculdade que também estava tentando iniciar uma carreira no mundo do entretenimento. A tinta das nossas paredes estava descascando e as manchas no nosso carpete dariam um ótimo episódio de *CSI: Investigação Criminal*.

Embora eu tenha crescido a duas horas de distância, raramente me aventurara por Los Angeles. Logo descobri que meu pai não estava muito enganado ao dizer que "Los Angeles é uma espécie de irmã mais velha de San Diego, mais feia e com herpes".

Como eu não fazia muita ideia de como era Los Angeles, tive algumas surpresas ao chegar. Uma delas aconteceu logo na minha primeira noite no novo apartamento. Descobri que o meu quarto era colado ao do vizinho quando deitei na minha velha cama e comecei a ouvir ruídos altos de um embate sexual apaixonado. Eu não conhecia os moradores do apartamento ao lado, mas como havia assistido a uma quantidade razoável de vídeos pornôs, imaginei imediatamente uma louraça com peitos enormes transando com um homem sem rosto. Essas imagens, misturadas com o som ao vivo, me deixaram tão excitado que, depois de alguns minutos, coloquei no computador meu único DVD pornô e bati umazinha antes de dormir. No dia seguinte, saí do apartamento ao mesmo tempo que meus vizinhos sexualmente ativos.

– Oi, meu nome é Steven. Este é meu parceiro, Lucas – disse o vizinho, apresentando-me seu enorme companheiro.

"Oi, meu nome é Justin, me masturbei na noite passada enquanto ouvia você e seu namorado transarem, achando que você era uma mulher, e agora estou me sentindo bastante inseguro em relação à minha sexualidade", pensei.

Eu disse que era um prazer conhecê-los.

Minha colega de apartamento era uma pessoa impressionante e trabalhava com afinco. Duas semanas após ter se mudado para L.A., ela conseguiu um estágio em uma produtora e um emprego em tempo integral para pagar as contas. Antes que eu acabasse de tirar todas as minhas coisas das malas, ela estava trabalhando de 90 a 100 horas por semana e eu mal a via. Passava meus dias enviando cartas para produtoras, tentando conseguir um estágio e, ao mesmo tempo, procurando emprego em praticamente qualquer lugar que pudesse imaginar. O único trabalho que consegui foi o de entregador de folhetos de apartamentos em lojas de conveniência nos subúrbios de Los Angeles. Eu me apresentava de manhã em um depósito, carregava minha picape com os panfletos das imobiliárias e depois lutava com o mapa nas oito horas seguintes, tentando descobrir onde exatamente deveria entregá-los. Era como fazer o pior tour imaginável de Los Angeles, e o trabalho era autônomo, o que nem me dava oportunidade de ganhar muito dinheiro.

Eu só tinha um amigo de verdade em L.A., Patrick, com quem eu havia dirigido um filme e escrito o roteiro para um longa-metragem na faculdade. Essas duas tentativas foram bastante fracas, mas nos divertimos. Estávamos aprendendo e, sobretudo, trabalhávamos bem juntos e tínhamos um senso de humor parecido. Patrick havia se mudado para L.A. um pouco antes de mim e tentava me orientar da melhor maneira possível. Mas, fora ele, as únicas pessoas que eu via com regularidade eram os travestis que se prostituíam na frente do meu prédio. Um deles me abordou algumas semanas após a minha chegada e a perspectiva de conversar com uma pessoa nova me deixou em parte empolgado.

– Este é o seu carro? – perguntou ele, apontando para meu Ford Ranger branco.

– É – confirmei.

– Minha amiga vomitou sem querer em cima dele ontem à noite, mas eu lavei. Só queria me desculpar – disse ele antes de ir embora.

Pela primeira vez na vida, eu estava com saudade de casa.

– Como vão as coisas por aí? – perguntou meu pai quando liguei para dar notícias depois de um mês em Los Angeles.

– Ah, você sabe... Tudo bem – respondi sem querer que ele percebesse que eu estava me sentindo péssimo.

– Porra nenhuma. Você está mentindo. Dá para perceber pela sua voz.

– As coisas não estão lá uma maravilha, pai.

Contei a ele tudo o que estava acontecendo, simplesmente pus para fora toda a emoção que havia acumulado.

– A partir de agora, quando eu perguntar como você está, quero que seja sincero, mas não me conte que você se masturbou ao ouvir seus vizinhos gays – disse ele rindo. – Escute, você só está aí há um mês. Essas coisas demoram. Steven Spielberg não se tornou Steven Spielberg em um mês. Devo dizer que ele provavelmente era muito mais feio que você.

Ele falou comigo mais alguns minutos sobre futebol americano e basquete, relatou como meus irmãos e minha mãe estavam e logo eu estava me sentindo bem melhor. Então continuei a dar duro e, alguns meses depois, consegui um emprego de garçom em um lugar chamado Crocodile Cafe, em Old Town Pasadena. Tratava-se basicamente de um T.G.I. Friday's de um nível mais baixo. O fato de ter conseguido aquele emprego foi uma pequena vitória, mas meu pai tinha outra opinião a respeito.

– Nada disso, é um grande passo. É difícil conseguir um emprego de garçom em L.A. Esse monte de atores pega todos os empregos. Sua mãe e eu estamos orgulhosos de você. Vamos até aí para levá-lo para comemorar – disse ele.

– Não é necessário, pai.

– Porra nenhuma. (Meu pai adora essa expressão e a usa com diferentes significados. Daquela vez, estava querendo dizer: "Ninguém pediu sua opinião.")

Meus pais queriam que eu me sentisse bem comigo mesmo e sabiam que eu não seria bem-sucedido de outra maneira. Eu não era Charles Bukowski; meu sofrimento não se transformaria em genialidade literária e cheques de direitos autorais. Meu pai encerrou o telefonema com uma frase enfática.

– Vou levá-lo ao Lawry's Prime Beef!

O Lawry's é mais conhecido por seu sal temperado, que pode ser comprado em qualquer grande mercearia, mas eles também têm uma churrascaria, Lawry's The Prime Rib Restaurant, em Los Angeles, que meu pai adora. Logo depois do nosso telefonema, ele fez com que minha mãe (que o havia convencido a instalar internet em casa) criasse um endereço de e-mail para que ele pudesse me mandar uma mensagem com um link para o site do Lawry's. A linha de assunto era "Lawry's" e o texto dizia apenas "Isso é carne de primeira", com um link para o cardápio do restaurante.

Na sexta-feira seguinte, meus pais foram me pegar com o Chevy Blazer que meu irmão havia deixado com eles quando partiu para o Havaí para tentar a carreira de mergulhador.

– Vocês estão prontos para comer uma carne de primeira? – perguntou meu pai enquanto eu entrava no carro.

Depois, ele quis saber sobre o que eu estava escrevendo, a vida em Los Angeles e praticamente tudo o que conseguiu pensar nos 20 minutos até o cruzamento dos bulevares La Cienega e Wilshire, onde ficava o restaurante. Eu tinha convidado Patrick, que nos encontrou no saguão do Lawry's. Nós quatro fomos para a mesa e, assim que as bebidas foram servidas, meu pai fez um brinde a mim e a Patrick.

– A vocês dois. Por se arriscarem e por correrem atrás. E a Justin, pelo seu novo emprego.

Nunca pensei que uma pessoa pudesse brindar com tanto vigor a um emprego que pagava salário mínimo, mas o orgulho do meu pai era totalmente sincero.

A garçonete que estava servindo nossa mesa era loura e tinha olhos azuis. Mesmo usando um uniforme sem graça, ela parecia muito atraente. Como sempre, meu pai começou a flertar com ela. Primeiro fez todas as perguntas imagináveis sobre a história do restaurante, a carne de primeira, os sais temperados e depois passou a indagar a respeito de sua vida pessoal – onde ela morava (Hollywood), o que ela fazia (atriz) e coisas desse tipo. Quando minha mãe cometeu o erro de pedir o único prato de frutos do mar do cardápio, meu pai aproveitou para fazer uma piada.

– Ah, Joni, é o fim da picada. O FIM DA PICADA. Este é o Lawry's. A carne aqui é de primeira. Você não pode vir aqui e pedir frutos do mar – disse com um tom um pouco entusiástico demais. – Tenho razão ou não? – acrescentou, olhando para a garçonete.

Embora meu pai diga que não é paquerador, o jeito dele com as mulheres é uma grande piada da família. Toda vez que falamos a respeito ele responde: "Ah, por favor, sou um homem casado. Eu nunca trairia sua mãe e, de qualquer forma, ela me caparia se isso acontecesse. Portanto, não faria o menor sentido. Ela é italiana, é capaz dessas coisas."

Além de adorar as mulheres, meu pai sempre teve um certo afeto por garçons e garçonetes. Ele acha que são grandes trabalhadores muitas vezes maltratados pelos clientes. Por isso, toda vez que come fora ele dá gorjetas de 30 a 40% do total, aconteça o que acontecer. Olhei para a conta e vi que tinha ficado em torno de 220 dólares. Meu pai nunca havia me convidado para um jantar tão caro quanto aquele. Como quase nunca comíamos fora em lugares sofisticados, percebi que aquele era um momento importante para ele. Enquanto olhava a conta, eu o vi dar 80 dólares de gorjeta.

Bem, tendo trabalhado em restaurantes durante oito anos (cinco deles como garçom), posso dizer que funcionamos mais ou menos como uma stripper. Passe o dinheiro e nós fingiremos que gostamos de você. Quando nossa garçonete viu a gorjeta, ela voltou até nossa mesa e começou a conversar ainda mais conosco. Ao descobrir que ela era solteira, meu pai apontou para mim, entusiasmado.

– Ele também é solteiro e está morando aqui em Los Angeles. Vocês dois deveriam se conhecer melhor – disse ele. (Pois, se existe algum indício de que duas pessoas devem começar a ter relações sexuais, é o fato de elas morarem na mesma cidade.)

Dez minutos mais tarde, finalmente nos levantamos da mesa. Meu pai agradeceu a todos os funcionários que encontrou pelo caminho como se estivesse saindo do palco após ganhar um Oscar. Depois, pegou um palito de dentes na mesa da recepcionista, o enfiou na boca e saiu porta afora. Meus pais e eu nos despedimos de Patrick e, quando o manobrista trouxe nosso carro, meu pai sentou no banco do motorista, minha mãe ficou ao seu lado e eu fui para o banco de trás. Depois de alguns minutos de silêncio, ele olhou para mim no retrovisor e disse:

– Aquela garçonete deu mole para você. Ela ficou puxando papo durante 10 minutos.

– Não, você deu uma boa gorjeta e ela foi gentil. Você pediu para ela descrever detalhadamente a preparação da carne e isso consumiu 8 daqueles 10 minutos – respondi.

– Você não sabe merda nenhuma. Sei quando uma mulher está interessada em alguém, e aquela garota estava interessada em você.

Nossa discussão foi se acirrando, meu pai insistindo em que ela gostava de mim e eu me recusando a acreditar naquilo, até que, finalmente, ele gritou:

– Tudo bem, ela achou você um zé mané! Você tem razão, estou enganado!

O silêncio tomou conta do carro por cerca de 15 segundos até que minha mãe se virou para mim, olhou nos meus olhos, sorriu e disse:

– Acho você bonito!

– Está vendo? Sua mãe acha você bonito. Este deveria ser um dia empolgante para você – resmungou meu pai.

Ficamos em silêncio durante a maior parte do caminho de volta até minha casa. Meu pai reconheceu e indicou alguns pontos de referência da época em que ele tinha morado em Los Angeles no final da década de 1960. Chegamos ao meu apartamento e ele parou o carro do outro lado da rua.

– Pode me deixar aqui. Não precisa estacionar – falei.

– Nada disso – respondeu, puxando o freio de mão.

Meus pais desceram do carro e minha mãe me deu um abraço apertado e disse como estava orgulhosa de mim. Depois, meu pai me envolveu em seu costumeiro abraço de urso, que consistia em me apertar até me deixar sem fôlego e, ao mesmo tempo, me dar tapinhas nas costas com a mão direita.

– Não pense que você só pode nos ligar caso algum grande problema aconteça. Não faça isso, porque essas ligações podem demorar a acontecer – disse.

– Eu sei.

– Você está tentando. Está correndo atrás. Isso é muito importante para mim. Você pode achar que as coisas que faz não significam nada, mas lembre-se que, para mim, elas são importantes, está bem?

– Eu sei.

– É, você sabe tudo. Por isso bateu umazinha ao ouvir seus vizinhos gays.

– Pai, estamos na frente do prédio deles.

Ele riu e me deu outro abraço.

– Pode contar sempre conosco. Somos sua família. Isso não vai mudar nunca. A menos que você tenha um surto homicida ou algo assim.

– Mesmo assim, eu te amaria, Justy. Só ia querer saber por que você fez aquilo – disse minha mãe, séria, depois de ter entrado no carro e aberto a janela.

Meu pai voltou para o banco do motorista e se debruçou em cima da minha mãe para me ver da janela do carona.

– Lembre-se: família – disse ele. – Ah, e como eu volto à I-5? Odeio esta cidade.

Sobre as opções de bebidas alcoólicas das companhias aéreas

"Eles servem Jim Beam nos aviões. Tem gosto de mijo. Você não seria capaz de notar a diferença porque só bebe porcaria. Eu, não."

Sobre controlar sua conta corrente

"Não fique com raiva dos juros do cheque especial... Não, não... Está vendo? Este é o seu problema. Você vê os juros como uma penalidade por sacar dinheiro que não tem, mas, na verdade, seria bom se pensasse neles como um lembrete de que você é um idiota."

Sobre entender seu lugar na cadeia alimentar

"Sua mãe fez almôndegas ontem à noite. Algumas são para você, outras para mim. Mas a maioria é para mim. Lembre-se: mais para mim."

Sobre aniversários

"Escuta aqui, não estou nem aí por você ter esquecido meu aniversário. Não preciso que as pessoas me lembrem que estou mais próximo da morte. Mas sua mãe ainda gosta de comemorar, então cancele seus planos e venha à festa de aniversário dela... Tudo bem, eu aviso se ela mudar de ideia e parar de dar importância a datas sem sentido."

Sobre como perceber que um treino chegou ao fim

"Acabei de passar uma hora numa esteira ergométrica. Estou suado e preciso fazer cocô. O treino acabou."

Sobre envelhecer

"Sua mãe e eu vimos um filme ótimo ontem à noite... Não, não me lembro do título. Era sobre um cara ou, não, espere... Envelhecer é uma merda."

Sobre a dose certa de entusiasmo

"Está ouvindo? Seu irmão está noivo!... 'Tá'? Você acabou de dizer 'tá'? Que merda é essa?... Não, não é suficiente, a menos que você esteja dizendo 'tá' enquanto dá saltos mortais ou algo do gênero."

ÀS VEZES É BOM QUANDO AS PESSOAS QUE VOCÊ AMA PRECISAM DE VOCÊ

"Escute, o cachorro gosta de sal com alho, então dou a ele o maldito sal com alho."

Depois de morar em Los Angeles por cerca de um ano, decidi que seria legal ter um cachorro. Note que eu disse "legal" e não "uma boa ideia". Eu queria um cachorro e nem cogitava ter outro bicho.

Quando eu era criança, minha família tinha um cachorro chamado Brownie, com o qual eu gostava de brincar, especialmente quando meus irmãos mais velhos não estavam mais morando em casa. Eu adorava o fato de os cães aparentemente fazerem o que queriam, quando queriam. Essa era uma qualidade que eu admirava. Uma vez, durante um jantar em família quando eu tinha uns 13 anos, olhei para fora e Brownie estava no quintal dos fundos, se lambendo vigorosamente até ejacular no próprio rosto. Depois, ele se deitou e adormeceu como se nada tivesse acontecido. Praticar sexo oral em si mesmo não é a minha praia, mas tenho de reconhecer a determinação implacável de Brownie de se divertir.

Um ano depois de me formar na faculdade, eu tinha um emprego decente de garçom em um sofisticado restaurante italiano e só precisava trabalhar três dias por semana para pagar minhas contas. Passava o resto do tempo no quarto, escrevendo. Achei que um cachorro poderia animar um pouco minha vida.

– Você mal consegue cuidar de si mesmo. Onde vai colocar o bicho? – perguntou meu amigo Dan.

– No meu apartamento – respondi.

– Você não tem quintal. Onde ele vai fazer as necessidades ou correr? Cachorros precisam se exercitar. Eles não podem ficar presos em um apartamento.

– Vou arrumar um cachorro pequeno. Se eu fosse pequeno, meu apartamento ia parecer enorme, não?

Como eu sabia que meu pai provavelmente teria uma reação semelhante, não contei nada a ele nem a nenhum parente que pudesse deixar aquela informação vazar. A colega com quem eu dividia o apartamento sempre teve cachorro na casa dos pais e não se opôs à ideia. Então, fui até o abrigo de animais em Lancaster, que fica a aproximadamente 80 quilômetros de Los Angeles, e percorri os estreitos corredores ladeados por gaiolas, passando em revista dezenas de focinhos tristes e rosnentos, em busca do filhote perfeito.

– Quero um cachorro que não cresça muito – disse à funcionária do abrigo que estava me guiando.

Ela garantiu que me ajudaria a encontrar um cachorro pequeno e me levou até uma gaiola com seis filhotes marrons minúsculos. Eu não conseguia distinguir de que raça eles eram, pareciam vira-latas. Apontei para o menor de todos e, uma semana mais tarde, depois de ele ter sido vacinado, fui até o abrigo pegá-lo. Chamei-o de Angus, em homenagem a Angus Young, o famoso guitarrista do AC/DC.

Logo descobri que talvez tivesse cometido um grande erro. Angus era um cachorro divertido e carinhoso, mas tinha uma energia inacreditável e trauma de abandono. Toda vez que o deixava sozinho no apartamento, eu voltava e encontrava o carpete da minha sala de estar coberto de cocô. Obviamente, ele fazia aquilo de pirraça (ou de emoção), depois pisava em cima do cocô e andava pela casa como se estivesse recriando uma pintura de Jackson Pollock. No início, achei que ele ficava apertado e precisava esvaziar o intestino, por isso comecei a levá-lo para fazer suas necessidades na rua pouco antes de eu sair. Ele gostava de passear, mas, mesmo assim, quando eu voltava para casa depois de tê-lo deixado sozinho, suas fezes estavam por toda parte. Eu tinha de pegar os produtos de limpeza e gastar uma hora dando um jeito naquela bagunça só para deixar o apartamento suportável. Minha colega era gente boa, mas estava ficando cansada daquela situação.

Dois meses depois que peguei o Angus, voltei para casa e descobri que ele tinha entrado no armário onde eu guardava a ração. A porta estava aberta e havia pedacinhos de ração espalhados por todo o chão da cozinha. Normalmente, assim que eu abria a porta, Angus me cumprimentava com seu focinho babado e abanava o rabo. Daquela vez, não ouvi nada. Dirigi-me à sala e o vi deitado de costas no sofá, com as patas para cima como um homem que participou de um concurso de quem come mais tortas e ganhou na segunda prorrogação.

– Angus, nãoooooo! – gritei.

Ele girou a barriga estufada para mim e me olhou com uma expressão que eu só havia visto uma vez na vida, no rosto de uma garota que tropeçou em frente ao meu dormitório na faculdade pouco antes de vomitar no chão. Felizmente, o que aconteceu em seguida com meu cachorro não aconteceu com ela.

Segurei Angus pelas laterais da barriga e, como um saco de soro cujo buraco foi alargado, um jato constante de diarreia começou a cair em cima do sofá e do chão. Foi a gota d'água. A força da negação é grande, mas a imagem – e o cheiro – dos seus móveis cobertos de cocô de cachorro é mais forte ainda. Estava na hora de me livrar dele.

Mas eu o amava e queria dá-lo a alguém que eu pudesse visitar de vez em quando para ver se ele estava bem. Meus irmãos e amigos imediatamente recusaram meu pedido. Só restava uma opção: meus pais. Eles tinham um quintal grande e Angus estava crescendo muito rápido. Aquele filhote que me garantiram que não pesaria mais que 15 quilos quando crescesse estava com 18 quilos aos quatro meses.

Angus era adorável e eu sabia que a melhor estratégia seria mostrá-lo aos meus pais como quem não quer nada antes de soltar a bomba em cima deles. Eu não estava preocupado com minha mãe, ela era fácil de convencer. Meu pai, é claro, eram outros quinhentos.

Em uma ensolarada manhã de sábado em abril, peguei o carro e fui até San Diego com Angus no meu colo. Em seguida, entrei na casa dos meus pais sem avisar, carregando-o como se fosse um bebê grande demais.

– Ah, olhe só que gracinha! – falou minha mãe, saindo da cozinha para fazer carinho nele.

– Que cachorro lindo! – disse meu pai, afagando as orelhas do bicho.

– Espera aí. De quem é esse cachorro? – perguntou minha mãe num tom de suspeita.

– Bem, o negócio é o seguinte...

Expliquei toda a situação, omitindo alguns detalhes para que eu parecesse menos impulsivo e Angus menos levado.

– Não podemos ficar com ele. A responsabilidade é sua. Não podemos ficar com um cachorro só porque você não avaliou bem essa situação – disparou mamãe com um tom mais aborrecido a cada palavra.

Fiquei surpreso e preocupado porque, se minha mãe estava reagindo daquela maneira, eu nem imaginava o que meu pai diria. Ele ficou calado por um instante, depois pegou Angus e o levantou.

– Podemos tomar conta dele.

– Sam! – exclamou minha mãe, tão surpresa quanto eu.

– É um cachorro. Justin não engravidou uma garota e entrou aqui com um bebê.

– É, não fiz isso – falei entre risinhos.

– Sorte sua – retrucou meu pai, sem um pingo de humor na voz.

Ele levou Angus para fora, coçou a barriga do cachorro e o pôs no chão.

– Esta é sua nova casa. Faça cocô e xixi onde quiser – conversou com o animal.

Tive a mesma sensação de quando, aos 21 anos, fui jogar em Las Vegas e ganhei 100 dólares no primeiro caça-níqueis: não entendi direito o que havia acontecido, mas estava convencido de que deveria dar o fora antes que minha sorte mudasse.

– Bem, é melhor eu ir embora. Tenho trabalho amanhã e a estrada é longa... – disse e fui saindo apressado, entrei no carro e voltei para Los Angeles.

A cada dois meses, eu ia à casa dos meus pais e Angus estava sempre maior. Oito meses depois, ele pesava 55 quilos. Parecia um Scooby-Doo que tinha tomado esteroides.

– Pai, ele está tão... forte. O que você está dando para ele comer? – perguntei durante uma visita mais ou menos na época do primeiro aniversário de Angus.

– De manhã, ele come 250 gramas de carne moída, 250 gramas de batatas e dois ovos que misturo e cozinho usando sal com alho.

– Sal com alho? Acha que ele não comeria se você não temperasse?

– Escute, o cachorro gosta de sal com alho, então dou a ele o maldito sal com alho.

– Ele está ingerindo algo como 3 mil calorias por dia?

– Provavelmente mais, já que ele come a mesma coisa à noite também.

– Pelo amor de Deus, pai! É por isso que ele parece um lutador de vale-tudo.

Meu pai me explicou que havia testado um monte de comidas tradicionais para cachorros, mas Angus gostava de refeições humanas bem preparadas.

– Isso não dá muito trabalho? Quer dizer, você é o cozinheiro pessoal dele.

Fui atrás do meu pai enquanto ele saía de casa carregando uma tigela de comida que tinha acabado de ser preparada para Angus. Assim que farejou a comida, Angus começou a pular e pôs as patas no peito do meu pai como se ele fosse um amante desaparecido há muito tempo.

– Tá bom, tá bom, calminha, seu maluco – disse meu pai. – É, dá muito trabalho – acrescentou virando-se para mim –, mas ele é meu amigo.

Eu não conseguia acreditar no que acabara de ouvir. Meu pai estava se tornando sentimental na velhice?

– Pare de fazer cara de idiota. Não estou maluco. Eles são chamados de "os melhores amigos do homem", não fui eu que inventei isso.

Eu disse que ficava feliz por Angus ter se tornado seu amigo.

– Sabe, nunca fui muito chegado a cachorros antes disto. Quer dizer, Brownie era ótimo, mas ele era do seu irmão. Tive muitos cachorros na fazenda, mas eram animais de trabalho. Acho que, com todos vocês fora de casa e sua mãe trabalhando o tempo todo, é bom ter por perto alguém que depende de mim. E que destrói meu maldito roseiral – disse, virando-se e apontando para a terra revirada que um dia havia abrigado lindas rosas vermelhas. – Ele é igual a você: um pé no saco, mas eu o amo. E caga por toda parte. Isso é o que ele tem de mais parecido com você – acrescentou meu pai com um sorriso malicioso.

Sobre a obrigação de pegá-lo no aeroporto

"Meu voo chega às nove e meia da noite de domingo... Você quer ver o quê? O que é *Mad Men*? Uma série? Você vai ver o que é um homem louco se não for lá me pegar."

Sobre criar expectativas

"Seu irmão trouxe o bebê aqui em casa esta manhã. Ele me disse que a criança já conseguia ficar em pé, mas ele não ficava em pé porra nenhuma. Ficou sentado o tempo todo. A maior decepção."

Sobre lazer canino

"O cachorro não está entediado. Ele não está esperando ganhar um cubo mágico. Ele é só a merda de um cachorro."

Sobre apresentadores de TV

"Esses apresentadores calam a boca em algum momento? Nunca diga algo só porque você acha que deve. Essa é a definição de um babaca."

Sobre histórias enroladas que não acabam nunca

"Você está falando uma porrada de besteiras. A gente volta a conversar quando você se cansar de contar tanta merda para outras pessoas."

Sobre os penteados atuais

"As pessoas da sua idade sabem pentear a porra do cabelo? Parece que dois esquilos subiram na cabeça delas e começaram a transar."

Sobre ficar grudado na traseira do carro da frente

"Você gosta de ficar grudado na traseira dos outros... Claro, é superimportante que você chegue na hora para não fazer porra nenhuma."

Sobre o filho do meu irmão ter demorado um pouco para aprender a falar

"Relaxe, quando o bebê falar, falou. Não é que ele saiba a cura do câncer e não esteja revelando."

Sobre a hora certa de ter filhos

"Não existe uma hora certa para ter filhos, mas sempre está na hora certa de transar. Deus não é um imbecil. Ele sabe como as coisas funcionam."

VOCÊ PRECISA OUVIR E NÃO DEVE IGNORAR O QUE OUVE

"Às vezes, a vida deixa uma nota de 100 dólares em cima da sua cômoda e só mais tarde você percebe que foi porque ela te fodeu."

Como eu disse na introdução deste livro, foi o fim de um namoro que me fez voltar para a casa dos meus pais aos 28 anos. Nosso rompimento não foi uma daquelas cenas dramáticas nas quais os namorados gritam, se xingam e um deles sai batendo a porta e diz "Vá para o inferno!". Eu já havia passado por alguns rompimentos amorosos antes e um deles terminou com a seguinte frase da minha namorada: "Vá se foder, seu babaca!" Foi fácil deixar aquele relacionamento para trás, você não fica acordado de noite esperando que a mulher que te chamou de babaca volte. Na verdade, nenhum dos meus relacionamentos anteriores tinha parecido muito sério. Mas meu último namoro havia durado três anos e eu tinha certeza de que formávamos um belo casal e achava que nos casaríamos algum dia.

Não houve um motivo específico para ela terminar. Algo que existia antes havia acabado e não conseguíamos descobrir o que era. Nosso relacionamento simplesmente não estava indo bem. Assim, quando me mudei para a casa dos meus pais, eu estava muito triste. Geralmente, não demonstro minhas emoções, mas meu pai percebeu que eu estava chateado.

– Às vezes, a vida deixa uma nota de 100 dólares em cima da sua cômoda e só mais tarde você percebe que foi porque ela te fodeu – disse meu pai, pondo a mão no meu ombro enquanto eu tomava café da manhã uma semana depois de ter voltado a morar com ele e minha mãe.

– Tudo bem, você não precisa tentar me animar – respondi.

– Eu sei disso, mas achei que precisava dizer alguma coisa. Se eu simplesmente comesse e saísse, acho que ia parecer meio grosseiro – comentou rindo, na esperança de deixar o clima mais leve.

No dia seguinte, acordei por volta das seis e meia e não consegui mais dormir. Fui cambaleando de cuecas até a sala de estar. Meu pai estava sentado à mesa de jantar comendo seu cereal e lendo o jornal.

– A que horas você acordou? – perguntei.

– Não sei, às cinco, talvez. Como sempre.

– Nossa, é muito cedo. Por que você acorda a essa hora?

– Sempre acordei nesse horário.

– Mas por quê? Você está aposentado. Não faz sentido.

– Filho, estou sendo interrogado? Eu levanto cedo, o que você quer que eu faça? – disse antes de voltar a ler.

Depois de alguns segundos, ele abaixou o jornal.

– Por que *você* está de pé tão cedo?

Eu disse que tinha acordado e não conseguira voltar a dormir. Ele se levantou, foi até a cozinha e me serviu uma xícara de café.

– Quer aquela porcaria que você costuma pôr no café? – perguntou.

– Creme? Sim, quero creme.

Ele pôs meu café na mesa e voltou a ler o jornal. Enchi uma tigela de cereal e ficamos sentados em silêncio por alguns minutos. Logo comecei a pensar na minha namorada e nos bons momentos que vivemos juntos, como em uma montagem daqueles filmes cafonas dos anos 80 em que o protagonista angustiado imagina que está de mãos dadas com a ex-namorada na praia, dando comida a um cachorrinho ou fazendo jogos eróticos com chantilly. Interrompi aquelas lembranças banais e falei em voz alta:

– Ai, ai, estou me sentindo bem mal com esta história toda.

– Você só precisa tentar esquecê-la – aconselhou, dobrando o jornal ao meio para me olhar.

– Eu sei, só que é difícil. Quer dizer, ainda tem coisas minhas na casa dela. O que devo fazer? Ainda tenho uma TV...

– Dane-se a TV. Esqueça. Corte os laços.

– É uma TV que custa 1.500 dólares.

– Vá pegar a porra da TV.

Eu não sabia ao certo aonde pretendia chegar com aquela conversa, mas aquilo não estava me ajudando. Então, fui tomar um banho, me vesti e comecei a trabalhar no meu artigo para o Maxim.com, que, ironicamente, era um fluxograma que detalhava as diferenças entre o cérebro dos homens e o das mulheres durante uma discussão. Trabalhei sem parar até o meio-dia e meia, quando meu pai entrou na sala de estar. Ele estava usando sua pochete, o que indicava que estava pronto para ir a algum lugar.

– Estou convidando você para almoçar. Calce seu chinelo e vamos embora.

Com muito custo, levantei do sofá, saí de casa e entrei no carro dele. Descemos a colina e fomos até o lugar onde eu mais gostava de almoçar, um restaurante italiano perto de casa chamado Pizza Nova. Conseguimos uma mesa do lado de fora, ao sol, com vista para vários grupos de veleiros e barcos a motor no porto de San Diego. A garçonete trouxe uma cesta de pão de alho e dois chás gelados. Meu pai tomou um gole e olhou para mim.

– Você não sabe nada sobre mim.

– É verdade – respondi, confuso.

– Sobre a minha vida. Você não sabe nada. Porque não conto a ninguém.

Foi só quando meu pai disse aquilo que percebi que ele tinha razão. Claro, eu conhecia o esboço da biografia do meu pai. Ele cresceu em uma fazenda em Kentucky; serviu no Vietnã; teve dois filhos com a primeira mulher, que morreu de câncer logo depois que meu irmão Evan nasceu; casou com minha mãe nove anos mais tarde e teve outro filho, eu; e trabalhou fazendo pesquisas para a cura do câncer como médico nuclear. Mas era tudo o que eu sabia. Quando parei para pensar, percebi que ele provavelmente era a pessoa mais reservada que eu conhecia.

– Quando eu tinha 20 e poucos anos, fiquei perdidamente apaixonado por uma mulher. Ela era linda. Bonita de verdade. E cheia de vida – contou enquanto comia pão de alho.

A maioria de nós gosta de pensar que os pais só fizeram sexo um com o outro e apenas quando foi necessário para gerar a nós e os nossos irmãos. Foi estranho ouvir meu pai falar tão bem de uma mulher que não era minha mãe. Ele nunca havia feito aquilo e fiquei intrigado.

– Eu e ela namoramos por um tempo. Um bom tempo. Depois, um dia, começamos a conversar e eu disse quanto a amava. Ela olhou para mim e disse: "Não amo você. Nunca amarei" – prosseguiu ele. – Vou querer uma pizza calabresa e uma salada – disse, virando-se para a garçonete que ficou ao lado da nossa mesa enquanto esperava meio sem graça que meu pai terminasse sua história para anotar nosso pedido.

Fiz meu pedido e ela foi embora.

– E o que você fez? – perguntei.

– Disse que podia fazê-la mudar de ideia. Talvez ela não me amasse naquele momento, mas acabaria por me amar.

– O que ela disse?

– Ela concordou e ficamos juntos. E brigamos. Brigamos muito. Percebi que tinha cometido um grande erro. Ela havia me dado sua juventude e não sabia como sair daquele relacionamento. Aí, ela ficou doente. Estava morrendo – acrescentou ele, respirando fundo, pensando por um instante, como se estivesse revivendo em sua mente algo em que não pensava havia muito tempo. – Eu a recompensei ficando ao seu lado. Depois, ela morreu. E eu me senti péssimo porque sabia que aquela mulher não queria ter ficado comigo, como ela mesma admitiu, mas eu havia ignorado o que ela dissera. E ela passou seus últimos momentos ao lado de uma pessoa que não amava. E morreu. Uma parte de mim se sentia aliviada por estar livre daquele relacionamento, e isso me fez ficar tão mal que eu não conseguia lidar com a situação.

Meu pai se recostou na cadeira de vime e ficou calado por alguns minutos. A garçonete chegou com nossa comida e ele começou a mexer na salada antes de levantar a cabeça e me olhar.

– As pessoas estão sempre tentando dizer como se sentem. Algumas são diretas e outras falam por meio de suas ações. Você precisa prestar atenção. Não sei o que vai acontecer com sua namorada. Acho que ela deve ser uma boa pessoa e espero que você consiga o que quer. Mas faça-me um favor: ouça e não ignore o que ouvir.

Alguns meses depois, comecei a escrever este livro. Sentei-me com parentes e amigos, recordando várias histórias sobre mim e meu pai. Lembramo-nos de coisas que ele tinha dito e coisas que eles haviam dito. Juntamos tudo da melhor maneira possível nestas páginas. Quando eu estava terminando o livro, em dezembro de 2009, meu pai me ligou um dia enquanto eu fazia compras num mercado perto de casa.

– Oi – disse ele.

– Oi, o que foi? – perguntei.

– Sei qual é o último capítulo.

– Sabe mesmo?

Ele me disse então que queria que esta história fosse o último capítulo do livro. Eu respondi que esta história e o conselho que a acompanhava foram muito importantes para mim, mas sabia que se tratava de um episódio íntimo e que ele era uma pessoa muito reservada. Perguntei por que ele queria que este fosse o último capítulo e disse que aquele pedido parecia incoerente para um cara que um mês antes me dissera que tinha pensado em sacar a espingarda e apontar para qualquer repórter que se aproximasse demais e fizesse perguntas sobre o livro.

– Bem, acho que o livro fala de você e de mim. Quer dizer, eu sou o astro, mas você também faz parte do enredo – respondeu, rindo. – Quando contei aquela história, você estava sofrendo. Portanto, acho que quero que as pessoas saibam que talvez eu não seja a pessoa mais afetuosa desta merda de planeta, mas que amo muito você. Eu nunca tinha contado aquela história para ninguém porque nunca tive motivo. Você é um cara bem legal.

– Obrigado, eu...

– Veja bem, você fala demais e não é a visão mais bonita do mundo, mas eu te amo e quero que as pessoas saibam que, quando é necessário, faço pela minha família o que não faria por mais ninguém.

Aproximadamente uma semana depois, terminei o livro. Eu tinha virado a noite e entrei na sala de estar, onde meu pai estava tomando o café da manhã e lendo o jornal.

– Pronto, acabei o livro! – exclamei, orgulhoso.

– Não consigo acreditar que alguém vai publicar o que você escreveu – disse ele.

– Eu sei. É uma loucura, não é?

– Nunca publicaram nada que você escreveu. Jamais. Nenhuma palavra – falou com ar incrédulo. (Meu pai nunca considerou meus textos que apareciam na internet como "publicados" ou publicáveis.) – Quer dizer, absolutamente nada! Nadinha! E, agora, um livro seu vai aparecer nas livrarias! Meu Deus! É inacreditável! E pensar que...

– TUDO BEM, JÁ ENTENDI. Nunca publiquei nada, sou o cara mais sortudo da Terra. Não mereço tanta sorte. Entendi – gritei.

– Desculpe, filho. Não queria encher seu saco. É que... Bem, é inacreditável, só isso – argumentou. Depois, fez uma pausa e apontou para o lugar ao seu lado no sofá. – Parabéns, estou orgulhoso de você. Coma um pouco de cereal.

Ele me serviu uma tigela e me entregou o caderno de esportes. Ficamos em silêncio por alguns minutos enquanto tomávamos o café da manhã e líamos o jornal.

– É que... Estou tendo dificuldade em me acostumar à ideia – disse, levantando os olhos do jornal mais uma vez e balançando a cabeça. – Quer dizer, eles pagaram para você fazer isso. VOCÊ. Incrível.

AGRADECIMENTOS

Uma das melhores coisas de escrever este livro foi me sentar com meus irmãos, minha mãe e, é claro, meu pai, e relembrar todas as frases e histórias da nossa família. Sem eles, eu nunca teria recordado os detalhes que, espero, tornem agradável a leitura deste livro e mostrem como meu pai é. Dan, Evan, José, mãe e pai, obrigado.

Acho que toda vez que escrevemos sobre nossa vida, nunca temos certeza se o resultado vai ser interessante ou engraçado para as outras pessoas. Por sorte, alguns amigos e colegas me ajudaram pelo caminho. Obrigado a Amanda Schweizer, Cory Jones, Robert Chafino, Patrick Schumacker, Lindsay Goldenberg, Brian Warner, Dan Phin, Ryan Walter, George Collins, Andrew Fryer, Katie Deslondes, Kate Hamill e Byrd Levell.

Acho que foi muita sorte ter a oportunidade de escrever este livro. Como meu pai disse quando terminei: "Tomara que as pessoas achem alguma graça nisso. Falo isso por você, não por mim."

CONHEÇA OUTROS TÍTULOS DA EDITORA SEXTANTE

1.000 lugares para conhecer antes de morrer, de Patricia Schultz

A História – A Bíblia contada como uma só história do começo ao fim, de The Zondervan Corporation

A última grande lição, de Mitch Albom

Conversando com os espíritos e *Espíritos entre nós*, de James Van Praagh

Desvendando os segredos da linguagem corporal e *Por que os homens fazem sexo e as mulheres fazem amor?*, de Allan e Barbara Pease

Enquanto o amor não vem, de Iyanla Vanzant

Faça o que tem de ser feito, de Bob Nelson

Fora de série – Outliers, de Malcolm Gladwell

Jesus, o maior psicólogo que já existiu, de Mark W. Baker

Mantenha o seu cérebro vivo, de Laurence Katz e Manning Rubin

Mil dias em Veneza, de Marlena de Blasi

Muitas vidas, muitos mestres, de Brian Weiss

Não tenha medo de ser chefe, de Bruce Tulgan

Nunca desista de seus sonhos e *Pais brilhantes, professores fascinantes*, de Augusto Cury

O monge e o executivo, de James C. Hunter

O Poder do Agora, de Eckhart Tolle

O que toda mulher inteligente deve saber, de Steven Carter e Julia Sokol

Os segredos da mente milionária, de T. Harv Ecker

Por que os homens amam as mulheres poderosas?, de Sherry Argov

Salomão, o homem mais rico que já existiu, de Steven K. Scott

Transformando suor em ouro, de Bernardinho

INFORMAÇÕES SOBRE OS PRÓXIMOS LANÇAMENTOS

Para saber mais sobre os títulos e autores
da EDITORA SEXTANTE,
visite o site www.sextante.com.br
ou siga @sextante no Twitter.
Além de informações sobre os próximos lançamentos,
você terá acesso a conteúdos exclusivos e poderá participar
de promoções e sorteios.

Se quiser receber informações por e-mail,
basta cadastrar-se diretamente no nosso site.

Para enviar seus comentários sobre este livro,
escreva para atendimento@esextante.com.br
ou mande uma mensagem para @sextante no Twitter.

EDITORA SEXTANTE
Rua Voluntários da Pátria, 45 / 1.404 – Botafogo
Rio de Janeiro – RJ – 22270-000 – Brasil
Telefone: (21) 2538-4100 – Fax: (21) 2286-9244
E-mail: atendimento@esextante.com.br